美绘经典读本

论语

延边教育出版社

读古代典籍·承传统文化

诵国学经典·继往圣绝学

国学：我国传统的学术文化，包括哲学、历史学、考古学、文学、语言学等。

经典：传统的具有权威性的著作。

中国的传统文化：中华文明的结晶，以儒家为内核，还包括其他文化形态。

　　如大浪淘沙般经过千百年时光的冲刷，真正的国学经典才能沉淀下来，为我们今天所了解。
　　时代不断的变化，国学经典的解读也与时俱进，挑选一本真正适合你的读本，它会成为你一辈子的良师益友。

诵读国学，增长知识；
学习国学，帮助成长；
了解国学，收获智慧；
继承国学，创造辉煌。

我 叫:＿＿＿＿＿＿＿＿＿＿＿今 年＿＿＿＿＿＿＿＿＿岁
我 家 在＿＿＿＿省＿＿＿＿市/县＿＿＿＿＿＿＿＿
我的爸爸叫:＿＿＿＿＿＿＿＿妈妈叫:＿＿＿＿＿＿＿＿＿
我是＿＿年＿月＿日开始读《论语》的，一共读了＿＿天。

弘扬蒙学经典 文化薪火相传

一、人属于自然的一部分

教育的本质就是传承文化，完善人格，增加智慧，让人最大限度地发挥自己的才能，做真正意义上的人，而不是成为某种工具。让每个人有所成就，不断完善自己，这就是自由最真切的含义。只有教育变得更加多样化，孩子的学习空间才会变得丰富多彩。

从古至今，穷人想要改变自己悲苦的命运，就要用功读书，富人想要继续发扬自己的家族，也离不开教育。教育对于人类的发展、社会的前进是至关重要的。而对于孩子来说，最好的教育是适性的教育，即符合人的本性的教育。

家长们应知道，对于每个孩子的一生来说，学校的考试成绩并不重要，重要的是要通过教育培养他学习的兴趣以及思考和解决问题的能力。古语说"三岁定一生"，儿童心理学家研究发现，0—13岁是孩子们记忆力最佳的时候。这个时期，他们吸收能力像海绵一样强大。给他经典，他就会吸收于内心深处，随着年龄的增长，经典之精髓就会在他身上慢慢发酵，从此，"与经典同行，与圣人为伍"将贯穿于他生命的始终。

《礼记·经解》："孔子曰，入其国，其教可知也。其为人也，温柔敦厚，诗教也。"一个国家的长治久安，一个民族的绵延不衰，关系在于人心之邪正清浊；欲使人心清正，则必须奠立在教育的基础上；教育的成败，直接影响着国民的品行，是国家兴衰的征兆。

和谐社会也提到"和而不同"，每个人都是独立的个体。要按照个人的自由发展，才能更全面地完善这个人，才能使人对这个多元化的和谐社会有所贡献。

二、道德是生命之本

很多家长都认为孩子只要好好读书，考上大学就能成为栋梁之材，有份好的工作，生活有了保障，人生就会更加美好。这样的愿望是好的，但并不全面。就好比盖楼，如果根基不稳，即使拥有再华丽堂皇的外表，这个楼早晚会坍塌。专业知识只是立足于社会的一个充分条件，而人格、德行却是做人的必要条件，是为人最内在的品质。"人的性格即他的命运"，小胜靠智，大胜靠德。只有具备人才、人格、人文的人，才是完整的人，才有精彩的人生。

17世纪大教育家夸美纽斯强调对儿童道德进行培养。福禄贝尔也提出"教育的目的在于唤醒人的内在精神本性"。他认为，人同自然界万物一样，是在发展中表现其内在的精神本性。这样不仅仅使人类了解自己，同时也培养受教育者形成有胆识、有智慧的个性，使其具有和谐统一的人格。由此可以看出，教育就应该以道德来提高人的生命质量。

三、文化是成长的摇篮

中国传统文化是齐鲁文化、荆楚文化、吴越文化、巴蜀文化等地域文化,儒、道、法、墨等学派文化,百川归海,相互触摄,绵延至今的历史产物。她经过先秦时候的百家争鸣及以后兴衰迭变的历史选择,形成了儒道互补的思想文化主流。国学乃传统之学、礼仪之学、文化之学,是佛教思想交合融化构成的中华思想文化。

五千年源远流长的历史文化是精神价值的源泉,观今宜鉴古,无古不成今。作为一个人,就应该了解国家的历史文化,了解自己由何而来,了解自己生存的意义。如此璀璨的华夏文明,有着深厚的历史积淀,作为炎黄子孙的我们,就在这伟大的文化摇篮中成长,就应该让这些国学经典之作代代相传。

四、把握时机,塑造儿童

蒙台梭利认为6岁之前的儿童本身具有一种吸收知识的自然能力,即所谓的"吸收的心智"。借助于这种能力,儿童能通过与周围环境的密切接触和情感联系,于下意识、不自觉中获得各种印象和文化,从而塑造自己,形成个性和一定的行为模式。因此,作为家长和教师,就应该把握好这个阶段,给孩子选取对他终身有价值的、最适性的、原创性的经典作品。经典虽不流行,但永远不会过时。每种语言现象的背后都蕴含着深刻的哲理,而经典古籍则是这个世界的思想的根基。

让孩子读什么书,他就会产生什么样的思想,有什么样的观念和行动。所有的孩子天生都是一张白纸,都可以经过后天的塑造而成为有所作为的成功人士。《三字经》中"昔孟母,择邻处,子不学,断机杼","窦燕山,有义方,教五子,名俱扬"。这些都是强调从小在孩子纯净的心里播下能生根发芽的智慧种子,让他们受经典文化的熏陶,与圣人的思想相融合,受圣人的教诲。

在幼儿的启蒙阶段,对其进行伦理道德说教,一直是蒙学教材的中心内容,其本意旨在敦人伦,美教化,淳风俗,让儿童从小在一个很高的思维方式中思考问题,在一个很高的精神境界中判断是非成败、得失取舍,让他站在文化巨人的肩膀,展开自己缤纷多姿的人生。

五、蒙学——演绎经典人生

"蒙学教育"就是中国古代教育中的基础教育,也称为"蒙养教育",是取"蒙以养正"之意,就是强调用正确的教育启迪儿童的智慧和心灵,使儿童能够健康成长。中国古代把教育分为"大学"和"小学"两个相互联系的阶段。"小学"阶段就是我们所说的蒙养教育阶段。专指七八岁至十五六岁之间的儿童教育阶段。

中国自古重视蒙学教育,最早可以追溯到夏商周以前,在传说中的三皇五帝时期,我们的祖先就明白教育的重要性。古代教育家元许衡的《小学大义》云:"当其幼时,如不克习之于小学,则无以收其放心,养其德性。"明代沈鲤《义学约》云:"蒙养极大事,亦最难事。盖终身事业此为根本。"等等,都把蒙学教育放到很重要的地位上。

蒙学教育注重伦理道德知识的传授,也特别注重别尊卑、序长幼的教育;还有教人待人接物之道、处世应对之学。人活在这个社会,所要面对的首要问题除吃饭穿衣之外,就是如何认识纷繁复杂的人际关系,如何应对交往。读《三字经》以习见闻,《百家姓》以便日用,《增广贤文》以为人处世之道,《千字文》亦有义理。通过学习蒙学书,孩子初步训练了读写能力,开阔了视野,因阅读而成长,因阅读而净化灵魂,提升人格。

六、开启智慧之门

夸美纽斯强调幼儿要进行智力的培养。他风趣地说过,智慧的右手握着永恒与幸福,左手握着财富和荣誉,但必须通过勤奋、努力和学习来取得。因此,夸美纽斯认为,父母的明智不仅在于使儿童健康地生活,而且也要尽力做到使他们的头脑充满智慧,这样孩子才能成为一个真正幸福的人。父母应该尽最大努力去启发儿童养成学习的习惯,并对他们进行初步的智力教育。

在1920年,印度的东北部发现了两个狼孩。一个8岁,一个2岁,他们因为从小和狼在一起,生活习性完全与狼一样,两手不会抓东西,声带已发生变化,不会讲话,不会站立行走,只会爬行。其中那个8岁的狼孩活到了17岁,但虽经过了9年人类文明的教导,仍然无法改变其生活习性,成为真正的人。这让我们更加明白环境的影响远比遗传重要。对个人而言,一定要有个良好的生长环境,否则,人的基本能力就会消失,也意味着永远失去了人类的智慧。

由上述可见,在孩童时代开发人类的智慧尤关重要。《三字经》、《千字文》、《弟子规》等蒙学教材蕴含了诸多精华和哲学思想,其中文字编排成整齐押韵的词组或短句,并把故事编排在其中,易于少儿记忆和学习,提高儿童的语言能力和记忆能力。传统蒙学开发儿童智力最高明之处在于它独一无二的训诂学,它能提高人的智商,让人们掌握的语言文字准确、丰富,使人们的逻辑思维能复杂、丰满、迅速,开启人类智慧之门,让人生精彩辉煌。

七、父母陪伴,充实童年

培根说:"知识就是力量",在知识经济时代,这句话显得格外贴切而重要。知识由学习而来,而阅读是人类最主要的学习活动。孩子从呱呱坠地到长大成人,最先接触的就是整个家庭,是他的父母亲人。要想让孩子受到良好的教育,形成更全面的人格,首先就是家长能给孩子创造一个学习的氛围,培养孩子读书的兴趣。

家长不要将自己的想法或期望强加给孩子,对孩子的教育要有耐心,陪他们共同阅读、亲自示范,在亲子共读的过程中体味亲子之间深深的爱意,浓浓的亲情。让读书成为家庭的一种生活方式,在这个过程中培养孩子阅读、主动学习的习惯,从而使亲子共读成为孩子未来学习与发展的"源头活水"。

人的一生中大脑生长最迅速的时期是0-6岁,这是幼儿学习阅读最佳时期,很多家长容易忽视这个阶段。在孩子刚开始学习阅读时,是一种新鲜感,但时间长了就会感到很厌烦,因此,家长要引起他学习的兴趣和光荣感,进行适当的表扬和奖励。教育孩子的内容越经典越好,父母也要做到循循善诱。

儿童像一面镜子,照出人类光明的未来,让家长和孩子大手牵小手。营造书香家庭氛围,让孩子在父母的陪伴下,拥有一个充实幸福的童年。

八、中华精髓,融入生活

中华文化,历久弥新,在于孔子教人凡事要"志於道,据於德,依於人,游於艺"。古人的心性修养,文事武备都秉承着"文以载道"的原则,这是固有文化中的传统美德。诸如《千字文》、《三字经》、《增广贤文》等蒙学经典不是能背就行,也要将其落实于生活,将智慧灌注于整个人生。

"教育为人生",一种教育如果脱离了生活、学习、工作,那就毫无意义,其实也就不是教育了。现实生活中许多学生虽然书读得不错,但与人相处的能力非常差,难以面对挫折,胆小懦弱,心胸狭隘,使得所学的知识与生活脱轨。作为家长和老师都应在日常生活中落实经典,在孩子小的时候让他受到蒙学精髓的影响,使其言行规范,通晓事理,做力所能及之事,勇于承担责任。一个文化的流传并不表现在这一文化遗留的典籍文字中,而应让该文化典籍中的精神融入人们的所言所行之中。教育不是孤立的,家长与教师要在理念上达成共识,在教育上紧密结合,督促孩子主动学习经典文化之作,熟读成诵,因为"读书百遍,其义自见"。要让孩子牢记"三人行,必有我师",一定会谦虚恭敬,常记"天将降大任于斯人也,必先苦其心志……"定不会面对挫折而怨天尤人,一蹶不振。

蒙学之所以为启蒙之学,是因为它涵盖内容广、涉及范围多。读蒙学,你可明白人伦关系,知道孝顺父母、友爱兄弟、尊敬师长、关怀他人,也会养成宽厚待人的心性,晓得见贤思齐、知恩报恩的道理。当一个人懂得如此之多的道理时,他的生活定将充满希望,前途也会无可限量。

九、做少年君子,振兴伟大中华

孩子是父母的希望,是祖国的栋梁,是社会发展的推动者。读蒙学经典,是要让孩子从生活中点滴做起:

品《三字经》,秉修身之道;学《弟子规》,取典籍精华;

读《百家姓》,晓百家姓氏;诵《唐诗》,融诗情诗境;

习《增广贤文》,增贤识博学;念《二十四孝》,懂孝道感恩。

在巨轮旋飞的时代,在知识能力竞争的社会,一定要了解自己的根,自己的魂,找到自己的立足点,从小培养远大志向,立志做少年君子,弘扬经典文化,演绎璀璨人生!

我们都希望有更多的中国儿童加入到诵读蒙学经典的行列中,不断完善自己的人格,丰富自己的人生,愿所有的少年君子携手共创祖国美好的明天!

《论语》序言

品蒙学精髓

中华民族自古以来就有重视蒙学教育的传统。中国蒙学教材的历史悠久,种类繁多,有很多蒙学著作在我国古代启蒙教育中曾赢得很大成功,每本蒙学著作都有其文化精髓和深远的影响。

《三字经》

《三字经》自南宋以来,已有七百多年历史,共一千多字,三字一句,短小精悍、朗朗上口,极易成诵,千百年来,家喻户晓。其内容涵盖了历史、天文、地理、道德以及一些民间传说,其独特的思想价值和文化魅力为人们所公认,被历代人们奉为经典而不断流传。

《三字经》早就不仅仅属于汉民族了,它有满文、蒙文译本。《三字经》也不再仅仅属于中国,它的英文、法文译本也已经问世。1990年新加坡出版的英文新译本更是被联合国教科文组织选入"儿童道德丛书",加以世界范围的推广,也是儿童的必背读物。

《三字经》是中国古代历史文化的宝贵遗产,作为中华民族的子孙,让孩子从幼儿时期学习中国传统文化,做一个有志向有理想的人。

《弟子规》

《弟子规》原名《训蒙文》,原作者李毓秀(公元1662年—1722年)是清朝康熙年间的秀才。以《论语·学而篇》"弟子入则孝,出则弟,谨而信,泛爱众,而亲仁,余力学文"为中心,分为五个部分,具体列述弟子在家、出外、待人、接物与学习上应该恪守的守则规范。后来清朝贾存仁修订改编《训蒙文》,并改名《弟子规》,是启蒙养正,教育子弟敦伦尽份、防邪存诚,养成忠厚家风的最佳读物。

《弟子规》共360句(1080字),概述简介,以精练的语言对儿童进行早期启蒙教育,灌输儒家文化的精髓。《弟子规》这本书,影响之大,读诵之广,是每个人,每一个学习圣贤经典,效仿圣贤的人都应该学的。

《千字文》

《千字文》乃四言长诗,首尾连贯,音韵谐美。以"天地玄黄,宇宙洪荒"开头,"谓语助者,焉哉乎也"结尾。全文共250句,每四字一句,字不重复,句句押韵,前后贯通,内容有条不紊地介绍了天文、自然、修身养性、人伦道德、地理、历史、农耕、祭祀、园艺、饮食起居等各个方面。

《千字文》既是一部流传广泛的童蒙读物,也是中国传统文化的一个组成部分。《千字文》是中国古代教育史上最早最成功的启蒙教材,文中优美的语句,华丽的辞藻,都适合儿童诵读与学习。

《百家姓》

《百家姓》是北宋初年钱塘杭州的一个书生所编,将常见的姓氏变成四字一句的韵文,像一首四言诗,便于诵读和记忆。本书以"百家"为名,原来收集了411个姓,后经增补到504个姓,其中单姓444个,复姓60个。

《百家姓》采用四言体例,句句押韵,该书颇具实用性,熟悉它,于古于今都是有裨益的。它在历史的衍化中,为人们寻找宗脉根源,帮助人们认识传统的血亲情结,提供了经典的文化范本。《百家姓》是中国独有的文化现象,流传至今,影响极深。它所辑录的几个姓氏,体现了中国人对宗脉与血缘的强烈认同感。2009年,《百家姓》被中国世界纪录协会收录为中国最早的姓氏书。

让孩子背诵百家姓,了解自己的根源,对于每个中国人都有着重要的意义,与此同时,也启示着孩子人生的意义和活着的价值。

《增广贤文》

《增广贤文》为中国古代儿童启蒙书目。又名《昔时贤文》、《古今贤文》。书名最早见之于明代万历年间的戏曲《牡丹亭》,后经过明、清两代文人的不断增补,才改成现在这个模样,称《增广昔时贤文》,通称《增广贤文》。《增广》绝大多数句子都来自经史子集,诗词曲赋、戏剧小说以及文人杂记,其思想观念都直接或间接地来自儒释道各家经典。

《增广贤文》的内容大致有这样四个方面,一是谈人及人际关系,二是谈命运,三是谈如何处世,四是表达对读书的看法。《增广贤文》以有韵的谚语和文献佳句选编而成,其内容十分广泛,从礼仪道德、典章制度到风物典故、天文地理,几乎无所不含,而又语句通顺,易懂。

熟读《增广贤文》,让孩子从小就慢慢渗透人生哲学、处世之道;让孩子了解中华民族千百年来形成的勤劳朴实、吃苦耐劳的优良传统,这都成为他成长路上宝贵的精神财富。

《唐诗》

唐诗泛指创作于唐代的诗。唐代被视为中国各朝代旧诗最丰富的朝代,因此有唐诗、宋词之说。唐代(公元618-907年)是我国古典诗歌发展的全盛时期。唐诗是我国优秀的文学遗产之一,也是全世界文学宝库中的一颗灿烂的明珠。

唐诗的题材非常广泛。有的从侧面反映当时社会的阶级状况和阶级矛盾,揭露了封建社会的黑暗;有的歌颂正义战争,抒发爱国思想;有的描绘祖国河山的秀丽多娇;有的抒写个人抱负和遭遇;有的表达儿女爱慕之情;有的诉说朋友交情、人生悲欢等等。

在朗朗上口的诗句中,孩子可以开拓视野,提升文学素养,也会对我国古典诗歌有更进一步的了解。唐诗的形式和风格丰富多彩、推陈出新,能让孩子思维活跃,并且对唐诗的赏析也是一种美的享受。

《成语故事》

中华民族拥有五千年的文明,博大精深,源远流长。在悠久的历史变迁和发展过程中,劳动人民不断创造出异彩纷呈的文化和艺术。成语,无疑是光彩夺目的文化宝库中一颗璀璨亮丽的珍珠。

成语是历史的积淀，每一个成语的背后都有一个含义深远的故事。经过时间的打磨，千万人的口口相传，每一句成语就越深刻隽永、言简意赅。在启蒙时期让儿童阅读成语故事，可以了解历史、通达事理、学习知识、积累优美的语言素材。成语故事以深刻形象的故事典故为孩子讲述一些道理，学习成语是青少年学习中国文化的必经之路。

《二十四孝》

《二十四孝》全名《全相二十四孝诗选》，是元代郭居敬编录，由历代二十四个孝子从不同角度、不同环境、不同遭遇行孝的故事集而成。《二十四孝》的故事大都取材于西汉经学家刘向编辑的《孝子传》，也有一些故事取材《艺文类聚》、《太平御览》等书籍。"孝"是中国古代重要的伦理思想之一，元代郭居敬辑录古代24个孝子的故事，编成《二十四孝》，序而诗之，用训童蒙，成为宣传孝道的通俗读物。

如"孝感动天"，"芦衣顺母"，"卖身葬父"，"弃官寻母"这些故事都为人们所熟知，都可以让孩子从小知道尊重长辈、孝敬父母是做人的根本，从此为他们塑造良好的人格。

《笠翁对韵》

《笠翁对韵》作者李渔，号笠翁，他是仿照《声律启蒙》写的此书，旨在作诗的韵书，因此叫《笠翁对韵》。李渔是清代著名的诗人、戏剧家，他按30个平声韵，用这个韵部的字组成了像诗一样的对句。

读《笠翁对韵》可以丰富儿童的历史知识、让孩子了解更多的神话、名人故事。书中的对子有如猜谜，反映了一个人思维的灵敏，对孩子的智力开发也大有益处。

论 语

目 录

论语

简体全文·拼音导读

学而篇第一

zǐ yuē　xué ér shí xí zhī　bú yì yuè hū　yǒu péng zì yuǎn

子曰："学而时习之,不亦说乎?有朋自远

fāng lái　bú yì lè hū　rén bù zhī ér bú yùn　bú yì jūn zǐ hū

方来,不亦乐乎?人不知而不愠,不亦君子乎?"

zēng zǐ yuē　wú rì sān xǐng wú shēn　wèi rén móu ér　bù zhōng

曾子曰:"吾日三省吾身:为人谋而不忠

hū　yǔ péng yǒu jiāo ér bú xìn hū　chuán bù xí hū

乎?与朋友交而不信乎?传不习乎?"

zǐ yuē　dì zǐ rù zé xiào　chū zé tì　jǐn ér xìn　fàn

子曰:"弟子入则孝,出则弟,谨而信,汜

ài zhòng　ér qīn rén　xíng yǒu yú lì　zé yǐ xué wén

爱众,而亲仁。行有余力,则以学文。"

zǐ xià yuē　xián xián　yì sè　shì fù mǔ　néng jié qí

子夏曰:"贤贤,易色;事父母,能竭其

lì　shì jūn　néng zhì qí shēn　yǔ péng yǒu jiāo　yán ér yǒu xìn　suī

力;事君,能致其身;与朋友交,言而有信。虽

yuē wèi xué　wú bì wèi zhī xué yǐ

曰未学,吾必谓之学矣。"

zǐ yuē　jūn zǐ shí wú qiú bǎo　jū wú qiú ān　mǐn yú shì

子曰:"君子食无求饱,居无求安,敏于事

ér shèn yú yán　jiù yǒu dào ér zhèng yān　kě wèi hào xué yě yǐ

而慎于言,就有道而正焉,可谓好学也已。"

为政篇第二

子曰:"吾十有五而志于学,三十而立,四十而不惑,五十而知天命,六十而耳顺,七十而从心所欲,不逾矩。"

子游问孝。子曰:"今之孝者,是谓能养。至于犬马,皆能有养。不敬,何以别乎?"

子夏问孝。子曰:"色难。有事,弟子服其劳;有酒食,先生馔;曾是以为孝乎?"

子曰:"学而不思则罔,思而不学则殆。"

子曰:"人而无信,不知其可也。大车无輗,小车无軏,其何以行之哉?"

八佾篇第三

zǐ xià wèn yuē　　　　qiǎo xiào qiàn xī　měi mù pàn xī　sù yǐ
子夏问曰："'巧笑倩兮,美目盼兮,素以

wéi xuàn xī　　hé wèi yě　　zǐ yuē　　huì shì hòu sù　　yuē
为绚兮',何谓也?"子曰:"绘事后素。"曰:

lǐ hòu hū　　zǐ yuē　　qǐ yú zhě shāng yě　shǐ kě yǔ yán　shī
"礼后乎?"子曰:"起予者商也,始可与言《诗》

yǐ yǐ
已矣。"

zǐ yuē　　shè bù zhǔ pí　　wèi lì bù tóng kē　　gǔ zhī dào yě
子曰:"射不主皮,为力不同科,古之道也。"

dìng gōng wèn　　jūn shǐ chén　chén shì jūn　rú zhī hé　kǒng zǐ
定公问:"君使臣,臣事君,如之何?"孔子

duì yuē　　jūn shǐ chén yǐ　lǐ　chén shì jūn yǐ zhōng
对曰:"君使臣以礼,臣事君以忠。"

yí fēng rén qǐng xiàn　yuē　　jūn zǐ zhī zhì yú sī yě　wú wèi
仪封人请见,曰:"君子之至于斯也,吾未

cháng bù dé jiàn yě　　zòng zhě xiàn zhī　chū yuē　　èr sān zǐ hé huàn
尝不得见也。"从者见之。出曰:"二三子何患

yú sàng hū　tiān xià zhī wù dào yě jiǔ yǐ　tiān jiāng yǐ fū zǐ wéi
于丧乎?天下之无道也久矣,天将以夫子为

mù duó
木铎。"

《论语》简体全文拼音导读

15

里仁篇第四

zǐ yuē　　bù rén zhě　　bù kě yǐ jiǔ chǔ yuē　　bù kě yǐ cháng

子曰："不仁者,不可以久处约,不可以长

chǔ lè　　rén zhě ān rén　　zhì zhě lì rén

处乐。仁者安仁,知者利仁。"

zǐ yuē　　wéi rén zhě　　néng hào rén　　néng wù rén

子曰:"唯仁者,能好人,能恶人。"

zǐ yuē　　shì zhì yú dào　　ér chǐ è yī è shí zhě　　wèi zú

子曰:"士志于道,而耻恶衣恶食者,未足

yǔ yì yě

与议也!"

zǐ yuē　　fǎng yú lì　ér xíng　　duō yuàn

子曰:"放于利而行,多怨。"

zǐ yuē　　bú huàn wú wèi　　huàn suǒ yǐ lì　　bú huàn mò jǐ

子曰:"不患无位,患所以立。不患莫己

zhī　　qiú wéi kě zhī yě

知,求为可知也。"

zǐ yuē　　jūn zǐ yù yú yì　　xiǎo rén yù yú lì

子曰:"君子喻于义,小人喻于利。"

zǐ yuē　　jūn zǐ yù nè yú yán ér mǐn yú xíng

子曰:"君子欲讷于言而敏于行。"

公冶长篇第五

子贡曰："夫子之文章，可得而闻也；夫子之言性与天道，不可得而闻也。"

子贡问曰："孔文子何以谓之'文'也？"子曰："敏而好学，不耻下问，是以谓之'文'也。"

子谓子产，"有君子之道四焉：其行己也恭，其事上也敬，其养民也惠，其使民也义。"

子曰："晏平仲善与人交，久而敬之。"

季文子三思而后行。子闻之，曰："再，斯可矣！"

子曰："伯夷、叔齐，不念旧恶，怨是用希。"

《论语》简体全文拼音导读

子曰："贤哉,回也!一箪食,一瓢饮,在陋巷,人不堪其忧,回也不改其乐。贤哉,回也!"

子游为武城宰。子曰："女得人焉耳乎?"曰:"有澹台灭明者,行不由径,非公事,未尝至于偃之室也。"

子曰:"质胜文则野,文胜质则史。文质彬彬,然后君子。"

子曰:"知之者不如好之者,好之者不如乐之者。"

子曰:"知者乐水,仁者乐山。知者动,仁者静。知者乐,仁者寿。"

《论语》简体全文 拼音导读

zǐ yuē　　mò ér zhì zhī　xué ér bú yàn　huì rén bú juàn

子曰："默而识之，学而不厌，诲人不倦，

hé yǒu yú wǒ zāi

何有于我哉？"

zǐ yuē　　dé zhī bù xiū　xué zhī bù jiǎng　wén yì bù néng

子曰："德之不修，学之不讲，闻义不能

xǐ　bú shàn bù néng gǎi　shì wú yōu yě

徙，不善不能改，是吾忧也。"

zǐ yuē　　bú fèn bù qǐ　bù fěi bù fā　jǔ yī yú bù yǐ

子曰："不愤不启，不悱不发；举一隅不以

sān yú fǎn　zé bú fù yě

三隅反，则不复也。"

zǐ yuē　　fù ér kě qiú yě　suī zhí biān zhī shì　wú yì wéi

子曰："富而可求也，虽执鞭之士，吾亦为

zhī　rú bù kě qiú　cóng wú suǒ hào

之。如不可求，从吾所好。"

zǐ yuē　　sān rén xíng　bì yǒu wǒ shī yān　zé qí shàn zhě ér

子曰："三人行，必有我师焉。择其善者而

cóng zhī　qí bú shàn zhě ér gǎi zhī

从之，其不善者而改之。"

zǐ yuē　　jūn zǐ tǎn dàng dàng　xiǎo rén cháng qī qī

子曰："君子坦荡荡，小人长戚戚。"

zǐ yuē　　gōng ér wú lǐ zé láo　shèn ér wú lǐ zé xǐ　yǒng
子曰："恭而无礼则劳，慎而无礼则蒽，勇

ér wú lǐ zé luàn　zhí ér wú lǐ zé jiǎo　jūn zǐ dǔ yú qīn　zé
而无礼则乱，直而无礼则绞。君子笃于亲，则

mín xīng yú rén　gù jiù bù yí　zé mín bù tōu
民兴于仁；故旧不遗，则民不偷。"

zēng zǐ yuē　　shì bù kě yǐ bù hóng yì　rèn zhòng ér dào yuǎn
曾子曰："士不可以不弘毅，任重而道远。

rén yǐ wéi jǐ rèn　bú yì zhòng hū　sǐ ér hòu yǐ　bú yì yuǎn hū
仁以为己任，不亦重乎？死而后已，不亦远乎？"

zǐ yuē　　rú yǒu zhōu gōng zhī cái zhī měi　shǐ jiāo qiě lìn　qí
子曰："如有周公之才之美，使骄且吝，其

yú bù zú guān yě　yǐ
余不足观也已。"

zǐ yuē　　dǔ xìn hào xué　shǒu sǐ shàn dào　wēi bāng bú rù
子曰："笃信好学，守死善道。危邦不入，

luàn bāng bù jū　tiān xià yǒu dào zé xiàn　wú dào zé yǐn　bāng yǒu
乱邦不居。天下有道则见，无道则隐。邦有

dào　pín qiě jiàn yān　chǐ yě　bāng wú dào　fù qiě guì yān　chǐ yě
道，贫且贱焉，耻也；邦无道，富且贵焉，耻也。"

zǐ yuē　　wēi wēi hū　shùn yǔ zhī yǒu tiān xià yě　ér bù yù yān
子曰："巍巍乎！舜禹之有天下也，而不与焉。"

20

子罕篇第九

子曰:"吾有知乎哉?无知也。有鄙夫问于我,空空如也。我叩其两端而竭焉。"

子曰:"譬如为山,未成一篑,止,吾止也。譬如平地,虽覆一篑,进,吾往也。"

子曰:"后生可畏,焉知来者之不如今也?四十、五十而无闻焉,斯亦不足畏也已!"

子曰:"法语之言,能无从乎?改之为贵。巽与之言,能无说乎?绎之为贵。说而不绎,从而不改,吾末如之何也已矣!"

子曰:"主忠信;毋友不如己者;过,则勿惮改。"

乡党篇第十

zhí guī   jū gōng rú yě   rú bù shēng   shàng rú yī   xià rú
执圭，鞠躬如也，如不胜。上如揖，下如

shòu   bó rú zhàn sè   zú sù sù rú yǒu xún   xiǎng lǐ   yǒu róng sè
授，勃如战色，足蹜蹜如有循。享礼，有容色。

sī dí   yú yú rú yě
私觌，愉愉如也。

jì yú gōng   bú sù ròu   jì ròu bù chū sān rì   chū sān
祭于公，不宿肉。祭肉不出三日。出三

rì   bù shí zhī yǐ
日，不食之矣。

shí bù yǔ   qǐn bù yán
食不语，寝不言。

xiāng rén yǐn jiǔ   zhàng zhě chū   sī chū yǐ
乡人饮酒，杖者出，斯出矣。

wèn rén yú tā bāng   zài bài ér sòng zhī
问人于他邦，再拜而送之。

jiù fén   zǐ tuì cháo   yuē   shāng rén hū   bú wèn mǎ
厩焚。子退朝，曰："伤人乎？"不问马。

jūn cì shí   bì zhèng xí xiān cháng zhī   jūn cì xīng   bì shú ér
君赐食，必正席先尝之。君赐腥，必熟而

jiàn zhī   jūn cì shēng   bì xù zhī   shì shí yú jūn   jūn jì   xiān fàn
荐之。君赐生，必畜之。侍食于君，君祭，先饭。

先进篇第十一

子曰:"先进于礼乐,野人也;后进于礼乐,君子也。如用之,则吾从先进。"

子贡问:"师与商也孰贤?"子曰:"师也过,商也不及。"曰:"然则师愈与?"子曰:"过犹不及。"

子张问善人之道。子曰:"不践迹,亦不入于室。"

子畏于匡,颜渊后。子曰:"吾以女为死矣!"曰:"子在,回何敢死?"

子路使子羔为费宰。子曰:"贼夫人之子!"子路曰:"有民人焉,有社稷焉,何必读书,然后为学?"子曰:"是故恶夫佞者。"

《论语》简体全文拼音导读

23

颜渊篇第十二

zhòng gōng wèn rén　　zǐ yuē　　chū mén rú jiàn dà bīn　shǐ mín rú

仲弓问仁。子曰："出门如见大宾,使民如

chéng dà jì　　jǐ suǒ bú yù　　wù shī yú rén　　zài bāng wú yuàn　zài jiā

承大祭。己所不欲,勿施于人。在邦无怨,在家

wú yuàn　　zhòng gōng yuē　　yōng suī bù mǐn　qǐng shì sī yǔ yǐ

无怨。"仲弓曰:"雍虽不敏,请事斯语矣。"

sī mǎ niú wèn rén　　zǐ yuē　　rén zhě　　qí yán yě rèn　　yuē

司马牛问仁。子曰:"仁者,其言也讱。"曰:

qí yán yě rèn　　sī wèi zhī rén yǐ hū　　zǐ yuē　　wéi zhī nán

"其言也讱,斯谓之仁已乎?"子曰:"为之难,

yán zhī dé wú rèn hū

言之得无讱乎?"

zǐ yuē　　jūn zǐ chéng rén zhī měi　　bù chéng rén zhī è　　xiǎo

子曰:"君子成人之美,不成人之恶。小

rén fǎn shì

人反是。"

zǐ gòng wèn yǒu　　zǐ yuē　　zhōng gào ér shàn dǎo zhī　　bù kě

子贡问友。子曰:"忠告而善道之,不可

zé zhǐ　　wú zì rǔ yān

则止,毋自辱焉。"

zēng zǐ yuē　　jūn zǐ yǐ wén huì yǒu　　yǐ yǒu fǔ rén

曾子曰:"君子以文会友,以友辅仁。"

子路篇第十三

zǐ lù wèn zhèng　zǐ yuē　　xiān zhī láo zhī　qǐng yì　yuē
子路问政。子曰:"先之劳之。"请益。曰:
wú juàn
"无倦。"

zǐ yuē　　sòng shī sān bǎi　shòu zhī yǐ zhèng　bù dá　shǐ
子曰:"诵《诗》三百,授之以政,不达;使
yú sì fāng　bù néng zhuān duì　suī duō　yì xī yǐ wéi
于四方,不能专对;虽多,亦奚以为?"

zǐ yuē　　gǒu zhèng qí shēn yǐ　yú cóng zhèng hū hé yǒu　bù
子曰:"苟正其身矣,于从政乎何有?不
néng zhèng qí shēn　rú zhèng rén hé
能正其身,如正人何?"

zǐ xià wéi jǔ fǔ zǎi　wèn zhèng　zǐ yuē　　wú yù sù　wú
子夏为莒父宰,问政。子曰:"无欲速,无
jiàn xiǎo lì　yù sù zé bù dá　jiàn xiǎo lì zé dà shì bù chéng
见小利。欲速则不达,见小利则大事不成。"

fán chí wèn rén　zǐ yuē　　jū chǔ gōng　zhí shì jìng　yǔ rén
樊迟问仁。子曰:"居处恭,执事敬,与人
zhōng　suī zhī yí dí　bù kě qì yě
忠。虽之夷狄,不可弃也。"

zǐ yuē　　jūn zǐ hé ér bù tóng　xiǎo rén tóng ér bù hé
子曰:"君子和而不同,小人同而不和。"

25

宪问篇第十四

子曰:"有德者必有言,有言者不必有德。仁者必有勇,勇者不必有仁。"

子曰:"君子而不仁者有矣夫!未有小人而仁者也!"

子曰:"贫而无怨难,富而无骄易。"

子路问事君。子曰:"勿欺也,而犯之。"

子曰:"君子上达,小人下达。"

子曰:"君子耻其言而过其行。"

子曰:"君子道者三,我无能焉:仁者不忧,知者不惑,勇者不惧。"子贡曰:"夫子自道也。"

26

卫灵公篇第十五

子曰："可与言，而不与之言，失人；不可与言，而与之言，失言。知者不失人，亦不失言。"

子曰："志士仁人，无求生以害仁，有杀身以成仁。"

子曰："人无远虑，必有近忧。"

子曰："不曰'如之何，如之何'者，吾末如之何也已矣！"

子贡问曰："有一言而可以终身行之者乎？"子曰："其恕乎！己所不欲，勿施于人。"

子曰："吾尝终日不食，终夜不寝，以思，无益，不如学也。"

季氏篇第十六

kǒng zǐ yuē tiān xià yǒu dào zé lǐ yuè zhēng fá zì tiān zǐ
孔子曰："天下有道，则礼乐征伐自天子
chū tiān xià wú dào zé lǐ yuè zhēng fá zì zhū hóu chū zì zhū hóu
出；天下无道，则礼乐征伐自诸侯出。自诸侯
chū gài shí shì xī bù shī yǐ zì dà fū chū wǔ shì xī bù shī
出，盖十世希不失矣；自大夫出，五世希不失
yǐ péi chén zhí guó mìng sān shì xī bù shī yǐ tiān xià yǒu dào zé
矣；陪臣执国命，三世希不失矣。天下有道，则
zhèng bú zài dà fū tiān xià yǒu dào zé shù rén bú yì
政不在大夫。天下有道，则庶人不议。"

kǒng zǐ yuē yì zhě sān yǒu sǔn zhě sān yǒu yǒu zhí yǒu
孔子曰："益者三友，损者三友。友直，友
liàng yǒu duō wén yì yǐ yǒu pián pì yǒu shàn róu yǒu pián nìng
谅，友多闻，益矣。友便辟，友善柔，友便佞，
sǔn yǐ
损矣。"

kǒng zǐ yuē jūn zǐ yǒu jiǔ sī shì sī míng tīng sī cōng
孔子曰："君子有九思：视思明，听思聪，
sè sī wēn mào sī gōng yán sī zhōng shì sī jìng yí sī wèn fèn
色思温，貌思恭，言思忠，事思敬，疑思问，忿
sī nàn jiàn dé sī yì
思难，见得思义。"

子曰："性相近也，习相远也。"

子曰："唯上智与下愚不移。"

子张问仁于孔子。孔子曰："能行五者于天下，为仁矣。""请问之。"曰："恭、宽、信、敏、惠。恭则不侮，宽则得众，信则人任焉，敏则有功，惠则足以使人。"

子曰："色厉而内荏，譬诸小人，其犹穿窬之盗也与！"

子曰："道听而涂说，德之弃也。"

子曰："鄙夫可与事君也与哉？其未得之也，患得之；既得之，患失之。苟患失之，无所不至矣。"

微子篇第十八

qí rén guī nǚ yuè　jì huán zǐ shòu zhī　sān rì bù cháo kǒng
齐人归女乐，季桓子受之，三日不朝，孔

zǐ xíng
子行。

zǐ lù cóng ér hòu　yù zhàng rén　yǐ zhàng hè diào　zǐ lù wèn
子路从而后，遇丈人，以杖荷蓧。子路问

yuē　zǐ jiàn fū zǐ hū　zhàng rén yuē　sì tǐ bù qín　wǔ gǔ
曰："子见夫子乎？"丈人曰："四体不勤，五谷

bù fēn　shú wéi fū zǐ　zhí qí zhàng ér yún　zǐ lù gǒng ér lì
不分，孰为夫子？"植其杖而芸。子路拱而立。

zhǐ zǐ lù sù　shā jī wéi shǔ ér sì zhī　xiàn qí èr zǐ yān　míng
止子路宿，杀鸡为黍而食之，见其二子焉。明

rì　zǐ lù xíng　yǐ gào　zǐ yuē　yǐn zhě yě　shǐ zǐ lù fǎn
日，子路行，以告。子曰："隐者也。"使子路反

jiàn zhī　zhì　zé xíng yǐ　zǐ lù yuē　bú shì wú yì　zhǎng yòu zhī
见之。至，则行矣。子路曰："不仕无义。长幼之

jié　bù kě fèi yě　jūn chén zhī yì　rú zhī hé qí fèi zhī　yù jié
节，不可废也；君臣之义，如之何其废之？欲洁

qí shēn　ér luàn dà lún　jūn zǐ zhī shì yě　xíng qí yì yě　dào zhī
其身，而乱大伦。君子之仕也，行其义也。道之

bù xíng　yǐ zhī zhī yǐ
不行，已知之矣。"

子张篇第十九

zǐ zhāng yuē　　　　zhí dé bù hóng　xìn dào bù dǔ　yān néng wéi
子张曰："执德不弘，信道不笃，焉能为

yǒu　yān néng wéi wú
有？焉能为亡？"

zǐ xià yuē　　　　suī xiǎo dào　bì yǒu kě guān zhě yān　zhì yuǎn
子夏曰："虽小道，必有可观者焉；致远

kǒng nì　shì yǐ jūn zǐ bù wéi yě
恐泥，是以君子不为也。"

zǐ xià yuē　　　rì zhī qí suǒ wú　yuè wú wàng qí suǒ néng　kě
子夏曰："日知其所亡，月无忘其所能，可

wèi hào xué yě yǐ yǐ
谓好学也已矣！"

zǐ xià yuē　　　bó xué ér dǔ zhì　qiè wèn ér jìn sī　rén zài
子夏曰："博学而笃志，切问而近思，仁在

qí zhōng yǐ
其中矣。"

zǐ xià yuē　　　jūn zǐ yǒu sān biàn　wàng zhī yǎn rán　jí zhī yě
子夏曰："君子有三变：望之俨然，即之也

wēn　tīng qí yán yě lì
温，听其言也厉。"

《论语》 简体全文 拼音导读

《论语》
简体全文
拼音导读

mèng shì shǐ yáng fū wéi shì shī　wèn yú zēng zǐ　zēng zǐ yuē
孟氏使阳肤为士师，问于曾子。曾子曰：
shàng shī qí dào　mín sàn jiǔ yǐ　rú dé qí qíng　zé āi jīn ér
"上失其道，民散久矣！如得其情，则哀矜而
wù xǐ
勿喜。"

zǐ gòng yuē　　jūn zǐ zhī guò yě　rú rì yuè zhī shí yān　guò
子贡曰："君子之过也，如日月之食焉：过
yě　rén jiē jiàn zhī　gēng yě　rén jiē yǎng zhī
也，人皆见之；更也，人皆仰之。"

shū sūn wǔ shū huǐ zhòng ní　　zǐ gòng yuē　　　wú yǐ wéi yě
叔孙武叔毁仲尼。子贡曰："无以为也！
zhòng ní bù kě huǐ yě　tā rén zhī xián zhě　qiū líng yě　yóu kě yú
仲尼不可毁也。他人之贤者，丘陵也，犹可逾
yě　zhòng ní　rì yuè yě　wú dé ér yú yān　rén suī yù zì jué
也；仲尼，日月也，无得而逾焉。人虽欲自绝，
qí hé shāng yú rì yuè hū　duō jiàn qí bù zhī liàng yě
其何伤于日月乎？多见其不知量也。"

尧曰篇第二十

谨权量，审法度，修废官，四方之政行
焉。兴灭国，继绝世，举逸民，天下之民归心焉。

所重：民、食、丧、祭。

宽则得众，信则民任焉，敏则有功，公
则说。

论语

全文释义·拼音导读

学而篇第一

zǐ yuē　　xué ér shí xí zhī　bú yì yuè hū　yǒu péng zì yuǎnfāng lái　bú yì lè hū　rén bù zhī ér

子曰："学而时习之,不亦说乎?有朋自远方来,不亦乐乎?人不知而

bú yùn　bú yì jūn zǐ hū

不愠,不亦君子乎?"

译文　孔子说："学习并时常温习,不也高兴吗?有朋友从远方来,不也快乐吗?别人不了解我,我并不怨恨,不也是君子吗?"

zēng zǐ yuē　wú rì sān xǐng wú shēn　wèi rén móu ér bù zhōng hū　yǔ péng yǒu jiāo ér bú xìn hū

曾子曰："吾日三省吾身:为人谋而不忠乎?与朋友交而不信乎?

chuán bù xí hū

传不习乎?"

译文　曾子说："我每天多次检查反省自己:为别人出主意做事情,是否忠实呢?和朋友交往,是否真诚讲信用了呢?对老师所传授的知识,是否复习了呢?"

zǐ yuē　　dì zǐ rù zé xiào　chū zé tì　jǐn ér xìn　fàn ài zhòng　ér qīn rén　xíng yǒu yú

子曰："弟子入则孝,出则弟,谨而信,汎爱众,而亲仁。行有余

lì　zé yǐ xué wén

力,则以学文。"

译文　孔子说："年轻人应该在家孝顺父母,出门尊敬兄长,少说话,说到就要做到,对人广施爱心,亲近仁德之人。这样做了之后,如果还有空闲时间,就去学习文献。"

zǐ xià yuē　　xián xián　yì sè　shì fù mǔ　néng jié qí lì　shì jūn　néng zhì qí shēn　yǔ péng

子夏曰："贤贤,易色;事父母,能竭其力;事君,能致其身;与朋

yǒu jiāo　yán ér yǒu xìn　suī yuē wèi xué　wú bì wèi zhī xué yǐ

友交,言而有信。虽曰未学,吾必谓之学矣。"

译文　子夏说："看重妻子的品德而不是容貌,能够全力侍奉父母;能为君王献出生命,和朋友交往时诚实守信。这样的人,即使他说没有学习过,我也认定他受到了良好的教育。"

zǐ yuē　　jūn zǐ shí wú qiú bǎo　jū wú qiú ān　mǐn yú shì ér shèn yú yán　jiù yǒu dào ér zhèng

子曰："君子食无求饱,居无求安,敏于事而慎于言,就有道而正

yān　kě wèi hào xué yě yǐ

焉,可谓好学也已。"

译文　孔子说："君子吃饭不追求饱足,居住不追求享受安逸,做事勤快敏捷,说话小心谨慎,向有道德的人看齐,时时改正自己的错误,就是一个好学的人了。"

为政篇第二

zǐ yuē wú shí yòu wǔ ér zhì yú xué sān shí ér lì sì shí ér bú huò wǔ shí ér zhī tiān

子曰："吾十有五而志于学，三十而立，四十而不惑，五十而知天

mìng liù shí ér ěr shùn qī shí ér cóng xīn suǒ yù bù yú jǔ

命，六十而耳顺，七十而从心所欲，不逾矩。"

译文 孔子说："我十五岁时开始立志学习；三十岁时能自立于世；四十岁时遇事就不迷惑；五十岁时懂得了什么是天命；六十岁时能听得进不同的意见；到了七十岁时才能达到随心所欲，想怎么做便怎么做，也不会超出规矩。"

zǐ yóu wèn xiào zǐ yuē jīn zhī xiào zhě shì wèi néng yàng zhì yú quǎn mǎ jiē néng yǒu yàng

子游问孝。子曰："今之孝者，是谓能养。至于犬马，皆能有养。

bú jìng hé yǐ bié hū

不敬，何以别乎？"

译文 子游问怎样做是孝。孔子说："现在所谓孝顺，总说能够奉养父母就可以了。对狗对马，也都能做到饲养它们。如果对父母只做到奉养而不诚心孝敬的话，那和饲养狗、马有什么区别呢？"

zǐ xià wèn xiào zǐ yuē sè nán yǒu shì dì zǐ fú qí láo yǒu jiǔ shí xiān shēng zhuàn

子夏问孝。子曰："色难。有事，弟子服其劳；有酒食，先生馔；

céng shì yǐ wéi xiào hū

曾是以为孝乎？"

译文 子夏问孔子什么是孝。孔子回答说："要做到对父母和颜悦色是最难的。只是有了事情，子女帮父母去做；有了酒菜，让父母吃；难道这样就算是孝吗？"

zǐ yuē xué ér bù sī zé wǎng sī ér bù xué zé dài

子曰："学而不思则罔，思而不学则殆。"

译文 孔子说："学习了而不深入思考就会迷惑；只是去空想而不去学习，那就危险了。"

zǐ yuē rén ér wú xìn bù zhī qí kě yě dà chē wú ní xiǎo chē wú yuè qí hé yǐ xíng

子曰："人而无信，不知其可也。大车无輗，小车无軏，其何以行

zhī zāi

之哉？"

译文 孔子说："人不讲信用，真不知道怎么可以呢！大车上没有輗，小车上没有軏，它靠什么行走呢？"

zǐ xià wèn yuē   qiǎo xiào qiàn xī   měi mù pàn xī   sù yǐ wéi xuàn xī   hé wèi yě
子夏问曰："'巧笑倩兮,美目盼兮,素以为绚兮',何谓也?"
zǐ yuē   huì shì hòu sù   yuē   lǐ hòu hū   zǐ yuē   qǐ yú zhě shāng yě   shǐ kě yǔ yán
子曰:"绘事后素。"曰:"礼后乎?"子曰:"起予者商也,始可与言
shī yǐ yǐ
《诗》已矣。"

译文　子夏问道:"'有酒窝的美好笑容真好看啊,美丽的眼睛黑白分明,眼珠转啊',这几句诗是
什么意思呢?"孔子说:"先有了白底子,然后才画上画。"子夏又问:"礼节仪式是不是在仁德之
后呢?"孔子说:"启发我的人是你呀! 现在可以同你谈论《诗》了。"

zǐ yuē   shè bù zhǔ pí   wèi lì bù tóng kē   gǔ zhī dào yě
子曰:"射不主皮,为力不同科,古之道也。"

译文　孔子说:"射箭主要是比赛射中靶子,而不在于是否射穿那皮靶子,因为每个人的力气大小
有所不同,自古以来就是这个道理。"

dìng gōng wèn   jūn shǐ chén chén shì jūn   rú zhī hé   kǒng zǐ duì yuē   jūn shǐ chén yǐ lǐ   chén
定公问:"君使臣,臣事君,如之何?"孔子对曰:"君使臣以礼,臣
shì jūn yǐ zhōng
事君以忠。"

译文　鲁定公问:"君主使用臣,臣侍奉君主,各自应当怎样才好呢?"孔子回答:"君主使用臣应当
以礼相待,臣侍奉君主应当以忠诚相待。"

yí fēng rén qǐng xiàn   yuē   jūn zǐ zhī zhì yú sī yě   wú wèi cháng bù dé jiàn yě   zòng zhě xiàn
仪封人请见,曰:"君子之至于斯也,吾未尝不得见也。"从者见
zhī chū yuē   èr sān zǐ hé huàn yú sàng hū   tiān xià zhī wú dào yě jiǔ yǐ   tiān jiāng yǐ fū zǐ wéi
之。出曰:"二三子何患于丧乎?天下之无道也久矣,天将以夫子为
mù duó
木铎。"

译文　有一位在仪地防守边界的官员,请求见孔子。他说:"凡是君子到我这地方来的,我没有不
和他见面的。"随从孔子的弟子领这位官员去见了孔子。这位官员出来以后,说:"你们几位何必
担心失去官职呢?天下无道,上天必将以孔子作为发布政令的铃铛。"

《论语》全文释义 拼音导读

里仁篇第四

zǐ yuē　　bù rén zhě　bù kě yǐ jiǔ chǔ yuē　bù kě yǐ cháng chǔ lè　rén zhě ān rén　zhì zhě
子曰："不仁者,不可以久处约,不可以长处乐。仁者安仁,知者

lì rén
利仁。"

译文　孔子说:"没有仁德的人,不能长久过穷困的生活,也不能长久过安乐的生活。有仁德的人才能安心于实行仁德,有智慧的人才能善于利用仁德。"

zǐ yuē　　wéi rén zhě　néng hào rén　néng wù rén
子曰:"唯仁者,能好人,能恶人。"

译文　孔子说:"只有有仁德的人,才能公正地喜爱好人,憎恨坏人。"

zǐ yuē　　shì zhì yú dào　ér chǐ è yī è shí zhě　wèi zú yǔ yì yě
子曰:"士志于道,而耻恶衣恶食者,未足与议也!"

译文　孔子说:"士有志于追求大道,而又以穿的衣服不好,吃的饭菜不好为耻辱,这种人是不值得与他谈论的。"

zǐ yuē　　fǎng yú lì ér xíng　duō yuàn
子曰:"放于利而行,多怨。"

译文　如果放任自己依据个人利益来行事,必将招致很多怨恨。

zǐ yuē　　bú huàn wú wèi　huàn suǒ yǐ lì　bú huàn mò jǐ zhī　qiú wéi kě zhī yě
子曰:"不患无位,患所以立。不患莫己知,求为可知也。"

译文　孔子说:"不怕没有地位,就怕没有立身的才学;不担忧没有人知道自己,而要努力让自己成为值得被人们知道的人。"

zǐ yuē　　jūn zǐ yù yú yì　xiǎo rén yù yú lì
子曰:"君子喻于义,小人喻于利。"

译文　孔子说:"君子通晓道义,小人只知道私人小利。"

zǐ yuē　　jūn zǐ yù nè yú yán ér mǐn yú xíng
子曰:"君子欲讷于言而敏于行。"

译文　孔子说:"君子要谨慎地说话,敏捷地行动。"

公冶长篇第五

zǐ gòng yuē　　　　fū zǐ zhī wén zhāng　kě dé ér wén yě　fū zǐ zhī yán xìng yǔ tiān dào　bù kě

子贡曰："夫子之文章,可得而闻也;夫子之言性与天道,不可

dé ér wén yě

得而闻也。"

译文　　子贡说:"老师关于文献方面的学问,我们可以学到领会;老师关于人性和天道的论述,我们却学不到,领会不到。"

zǐ gòng wèn yuē　　　kǒng wén zǐ hé yǐ wèi zhī　wén　yě　　zǐ yuē　　　mǐn ér hào xué　bù chǐ

子贡问曰:"孔文子何以谓之'文'也?"子曰:"敏而好学,不耻

xià wèn　shì yǐ wèi zhī　wén　yě

下问,是以谓之'文'也。"

译文　　子贡问道:"孔文子为什么得到'文'的谥号呢?"孔子说:"他聪敏,爱好学习,不认为向不如自己的人请教是耻辱的事情,所以他得到'文'的谥号。"

zǐ wèi zǐ chǎn　　　yǒu jūn zǐ zhī dào sì yān　qí xíng jǐ yě gōng　qí shì shàng yě jìng　qí yǎng

子谓子产,"有君子之道四焉:其行己也恭,其事上也敬,其养

mín yě huì　qí shǐ mín yě yì

民也惠,其使民也义。"

译文　　孔子评论子产说:"他具有君子的四种德行:在行为方面,他自己很庄重,谦逊谨慎;他侍奉君主,很恭敬顺从;他对待人民,注意给予恩惠利益;他役使人民,注意合乎义理。"

zǐ yuē　　　yàn píng zhòng shàn yǔ rén jiāo　jiǔ ér jìng zhī

子曰:"晏平仲善与人交,久而敬之。"

译文　　孔子说:"晏平仲善于和别人交往成为朋友,交往时间越长,越是受到人们的尊敬。"

jì wén zǐ sān sī ér hòu xíng　zǐ wén zhī　yuē　　　zài　sī kě yǐ

季文子三思而后行。子闻之,曰:"再,斯可矣!"

译文　　季文子要考虑多次以后才去做某一件事。孔子听到这件事,说:"考虑两次,就可以了。"

zǐ yuē　　　bó yí　shū qí　bú niàn jiù è　yuàn shì yòng xī

子曰:"伯夷、叔齐,不念旧恶,怨是用希。"

译文　　孔子说:"伯夷、叔齐两个人不记旧仇,人们对他们的怨恨也就很少了。"

《论语》 全文释义 拼音导读

雍也篇第六

zǐ yuē　　xián zāi　huí yě　 yì dān sì 　yì piáo yǐn　zài lòu xiàng　rén bù kān qí yōu　huí yě bù
子曰：“贤哉，回也！一箪食，一瓢饮，在陋巷，人不堪其忧，回也不

gǎi qí lè　xián zāi　huí yě
改其乐。贤哉，回也！”

译文　　孔子说：“品德好呀，颜回！每天一竹筒饭，一瓢水，住在简陋狭小的巷子里，一般人都忍受不了这种困苦忧愁，颜回却不改变他爱学乐善的快乐。品德好呀，颜回！”

zǐ yóu wéi wǔ chéng zǎi　zǐ yuē　　rǔ dé rén yān ěr hū　　yuē　　yǒu tán tái miè míng zhě　xíng
子游为武城宰。子曰：“女得人焉耳乎？”曰：“有澹台灭明者，行

bù yóu jìng　fēi gōng shì　wèi cháng zhì yú yǎn zhī shì yě
不由径，非公事，未尝至于偃之室也。”

译文　　子游当了武城的县令。孔子问他：“你在那里得到人才了吗？”子游回答说：“有一个叫澹台灭明的人，从来不走偏门拉关系，要是没有公事就不到我这里来。”

zǐ yuē　　zhì shèng wén zé yě　wén shèng zhì zé shǐ　wén zhì bīn bīn　rán hòu jūn zǐ
子曰：“质胜文则野，文胜质则史。文质彬彬，然后君子。”

译文　　孔子说：“内在的质朴胜过外在的文采，就未免粗野；外在的文采胜过内在的质朴，就未免浮夸虚伪。只有把文采与质朴配合恰当，然后才能成为君子。”

zǐ yuē　　zhī zhī zhě bù rú hào zhī zhě　hào zhī zhě bù rú yào zhī zhě
子曰：“知之者不如好之者，好之者不如乐之者。”

译文　　孔子说：“懂得它的人不如喜爱它的人，喜爱它的人又不如以实行它为快乐的人。”

zǐ yuē　　zhì zhě yào shuǐ　rén zhě yào shān　zhì zhě dòng　rén zhě jìng　zhì zhě lè　rén zhě shòu
子曰：“知者乐水，仁者乐山。知者动，仁者静。知者乐，仁者寿。”

译文　　孔子说：“聪明智慧的人爱水，有仁德的人爱山。聪明智慧的人活跃，有仁德的人沉静。聪明智慧的人常乐，有仁德的人长寿。”

述而篇第七

zǐ yuē   mò ér zhì zhī xué ér bú yàn huì rén bú juàn hé yǒu yú wǒ zāi
子曰："默而识之,学而不厌,诲人不倦,何有于我哉?"

译文　孔子说:"默默地记住所见、所闻、所学的知识,学习永不满足,耐心地教导别人而不倦怠,这些事我做到了哪些呢?"

zǐ yuē   dé zhī bù xiū xué zhī bù jiǎng wén yì bù néng xǐ bú shàn bù néng gǎi shì wú
子曰："德之不修,学之不讲,闻义不能徙,不善不能改,是吾

yōu yě
忧也。"

译文　孔子说:"品德不去修养,学问不去讲习,听到了正义之事却不能去做,对缺点错误能不能改正,这些都是我所忧虑的。"

zǐ yuē   bú fèn bù qǐ bù fěi bù fā jǔ yī yú bù yǐ sān yú fǎn zé bú fù yě
子曰："不愤不启,不悱不发;举一隅不以三隅反,则不复也。"

译文　孔子说:"教学生不到他苦思冥想仍领会不了的时候,不去开导他;不到他想说但说不出来的时候,不去启发他。告诉他方形的一个角,他不能由此推知另外三个角,就不要反复去教他了。"

zǐ yuē   fù ér kě qiú yě suī zhí biān zhī shì wú yì wéi zhī rú bù kě qiú cóng wú suǒ hào
子曰："富而可求也,虽执鞭之士,吾亦为之。如不可求,从吾所好。"

译文　孔子说:"如果财富是可以求得的,就是去当一名手拿皮鞭的下等差役,我也会去做。如果不可以求得,我还是做我所喜欢做的事。"

zǐ yuē   sān rén xíng bì yǒu wǒ shī yān zé qí shàn zhě ér cóng zhī qí bú shàn zhě ér gǎi zhī
子曰："三人行,必有我师焉。择其善者而从之,其不善者而改之。"

译文　孔子说:"三个人走在一起,其中必定有人可以做我的老师。我选择他的优点向他学习,看到他的缺点就以此为借鉴,自行改正。"

zǐ yuē   jūn zǐ tǎn dàng dàng xiǎo rén cháng qī qī
子曰："君子坦荡荡,小人长戚戚。"

译文　孔子说:"君子心胸平坦宽广,小人局促经常忧愁。"

泰伯篇第八

zǐ yuē　　gōng ér wú lǐ zé láo　shèn ér wú lǐ zé xǐ　yǒng ér wú lǐ zé luàn　zhí ér wú lǐ
子曰:"恭而无礼则劳,慎而无礼则葸,勇而无礼则乱,直而无礼
zé jiǎo　jūn zǐ dǔ yú qīn　zé mín xīng yú rén　gù jiù bù yí　zé mín bù tōu
则绞。君子笃于亲,则民兴于仁;故旧不遗,则民不偷。"

译文　孔子说:"恭敬而没有礼就会忧愁不安;做事谨慎而没有礼就会畏缩多惧;刚强勇猛而没有礼就会作乱;直率而没有礼就会说话刻薄尖酸。君子如果厚待亲族,老百姓就会按仁德来行动;君子如果不遗忘故旧,老百姓也就厚道了。"

zēng zǐ yuē　　shì bù kě yǐ bù hóng yì　rèn zhòng ér dào yuǎn　rén yǐ wéi jǐ rèn　bú yì zhòng
曾子曰:"士不可以不弘毅,任重而道远。仁以为己任,不亦重
hū　sǐ ér hòu yǐ　bú yì yuǎn hū
乎?死而后已,不亦远乎?"

译文　曾子说:"士,不可以不心胸开阔、意志坚强,因为责任重大,道路遥远。把实现'仁'看成是自己的任务,不也是很重大的吗? 要终生奋斗,到死才停止,不也是很遥远的吗? "

zǐ yuē　　rú yǒu zhōu gōng zhī cái zhī měi　shǐ jiāo qiě lìn　qí yú bù zú guān yě yǐ
子曰:"如有周公之才之美,使骄且吝,其余不足观也已。"

译文　孔子说:"一个人即使拥有周公那样美好的才能,如果骄傲自大又吝啬小气,那他的其他方面也就不值得一提了。"

zǐ yuē　　dǔ xìn hào xué　shǒu sǐ shàn dào　wēi bāng bú rù　luàn bāng bù jū　tiān xià yǒu dào
子曰:"笃信好学,守死善道。危邦不入,乱邦不居。天下有道
zé xiàn　wú dào zé yǐn　bāng yǒu dào　pín qiě jiàn yān　chǐ yě　bāng wú dào　fù qiě guì yān　chǐ yě
则见,无道则隐。邦有道,贫且贱焉,耻也;邦无道,富且贵焉,耻也。"

译文　孔子说:"坚定信念,努力学习,誓死保全并爱好治国做人之道。不要进入有危险的国家,不要居住在有祸乱的国家。天下有道,就出来从政;天下无道,就隐居起来。国家有道,而自己贫贱,是耻辱;国家无道,而自己富贵,也是耻辱。"

zǐ yuē　　wēi wēi hū　shùn yǔ zhī yǒu tiān xià yě　ér bù yù yān
子曰:"巍巍乎! 舜禹之有天下也,而不与焉。"

译文　孔子说:"多么崇高伟大啊! 舜、禹得到了天下,却不去谋取个人的私利。"

子罕篇第九

zǐ yuē　　wú yǒu zhī hū zāi　wú zhī yě　yǒu bǐ fū wèn yú wǒ　kōng kōng rú yě　wǒ kòu qí liǎng
子曰:"吾有知乎哉?无知也。有鄙夫问于我,空空如也。我叩其两

duān ér jié yān
端而竭焉。"

译文　　孔子说:"我算是有知识吗?其实我还很无知。有个乡下人问我个问题,对此我一无所知。可是我询问了事情的来龙去脉,尽量把问题搞清楚了。"

zǐ yuē　　pì rú wéi shān　wèi chéng yí kuì　zhǐ　wú zhǐ yě　pì rú píng dì　suī fù yí kuì
子曰:"譬如为山,未成一篑,止,吾止也。譬如平地,虽覆一篑,

jìn　wú wǎng yě
进,吾往也。"

译文　　孔子说:"比如用土来堆一座山,只差一筐土便能堆成,可是停止了,那是我自己停止的。比如在平地上堆土成山,虽然才倒下一筐土,但仍要继续堆土,那是我自己坚持往前的。"

zǐ yuē　　hòu shēng kě wèi　yān zhī lái zhě zhī bù rú jīn yě　sì shí　wǔ shí ér wú wén yān
子曰:"后生可畏,焉知来者之不如今也?四十、五十而无闻焉,

sī yì bù zú wèi yě yǐ
斯亦不足畏也已!"

译文　　孔子说:"年轻人是值得敬服的,怎么知道将来的人们不如现在的人们呢?但如果到了四十岁、五十岁还默默无闻,那也就不值得敬服了。"

zǐ yuē　　fǎ yǔ zhī yán　néng wú cóng hū　gǎi zhī wéi guì　xùn yǔ zhī yán　néng wú yuè hū
子曰:"法语之言,能无从乎?改之为贵。巽与之言,能无说乎?

yì zhī wéi guì　yuè ér bú yì　cóng ér bù gǎi　wú mò rú zhī hé yě yǐ yǐ
绎之为贵。说而不绎,从而不改,吾末如之何也已矣!"

译文　　孔子说:"符合礼法情理的好言规劝,怎能不听从呢?但要照此改正了自己的错误那才是可贵的;恭维赞扬的话,谁听了会不高兴呢?但要对此认真分析那才是可贵的。只顾着高兴却不去推究、只表示接受却不改正错误的人,我拿他也没有办法。"

zǐ yuē　　zhǔ zhōng xìn　wú yǒu bù rú jǐ zhě　guò　zé wù dàn gǎi
子曰:"主忠信;毋友不如己者;过,则勿惮改。"

译文　　孔子说:"做人,主要讲求忠诚,守信用。不要同不如自己的人交朋友。如果有了过错,就不要怕改正。"

乡党篇第十

zhí guī　jū gōng rú yě　　rú bù shēng　shàng rú yī　xià rú shòu　bó rú zhàn sè　zú sù sù
执圭,鞠躬如也,如不胜。上如揖,下如授,勃如战色,足蹜蹜

rú yǒu xún　xiǎng lǐ　yǒu róng sè　　sī dí　yú yú rú yě
如有循。享礼,有容色。私觌,愉愉如也。

译文　孔子出使到别的诸侯国,举行典礼时,举着圭玉,低头躬身,好像举不动的样子。向上举好像作揖,放下来好像递东西给别人。脸色庄重好像在作战,步子迈得又小又快,好像沿着一条直线往前走。在赠送礼品的仪式上,显得和颜悦色。以个人身份私下会见时,则满脸笑容。

jì　yú gōng　bú sù ròu　　jì ròu bù chū sān rì　　chū sān rì　　bù shí zhī yǐ
祭于公,不宿肉。祭肉不出三日。出三日,不食之矣。

译文　参加国君祭祀典礼分的肉,不能再存放过夜。平常祭祀用过的肉不能超过三天。超过了三天就不吃它了。

shí bù yǔ　qǐn bù yán
食不语,寝不言。

译文　吃饭时不交谈,就寝时不说话。

xiāng rén yǐn jiǔ　zhàng zhě chū　sī chū yǐ
乡人饮酒,杖者出,斯出矣。

译文　在举行乡饮酒礼后,要等拄杖的老年人先走出去,自己才出去。

wèn rén yú tā bāng　zài bài ér sòng zhī
问人于他邦,再拜而送之。

译文　孔子托别人代为问候在其他诸侯国的朋友时,要躬身下拜,拜两次,送走所托的人。

jiù fén　zǐ tuì cháo　yuē　　shāng rén hū　bú wèn mǎ
厩焚。子退朝,曰:"伤人乎?"不问马。

译文　马厩失火烧毁了。孔子退朝回来,听说后就问道:"有人受伤了吗?"而不问马的情况如何。

jūn cì shí　bì zhèng xí xiān cháng zhī　jūn cì xīng　bì shú ér jiàn zhī　jūn cì shēng　bì xù
君赐食,必正席先尝之。君赐腥,必熟而荐之。君赐生,必畜

zhī　shì shí yú jūn　jūn jì　xiān fàn
之。侍食于君,君祭,先饭。

译文　国君赐给食物,孔子一定摆正坐席先尝一尝。国君赐给生肉,一定煮熟了先供奉祖先。国君赐给活的牲畜,一定把它饲养起来。陪同国君一起吃饭,当国君饭前行祭礼时,自己先吃饭不吃菜。

zǐ yuē　　xiān jìn yú lǐ yuè　yě rén yě　hòu jìn yú lǐ yuè　jūn zǐ yě　rú yòng zhī　zé

子曰："先进于礼乐,野人也;后进于礼乐,君子也。如用之,则

wú cóng xiān jìn

吾从先进。"

译文　　孔子说:"先学习礼乐而后做官的人,是普通人;先做官而后学习礼乐的人,是卿大夫的子弟。如果要选用人才,我将选用先学习礼乐的人。"

zǐ gòng wèn　　shī yǔ shāng yě shú xián　zǐ yuē　　shī yě guò　shāng yě bù jí　　yuē　　rán

子贡问："师与商也孰贤?"子曰:"师也过,商也不及。"曰:"然

zé shī yù yú　　zǐ yuē　　guò yóu bù jí

则师愈与?"子曰:"过犹不及。"

译文　　子贡问:"颛孙师和卜商谁好一些?"孔子说:"师有些过分,商有些不够。"子贡说:"那么是师好一些吗?"孔子说:"做过分了和做得不够,是同样的。"

zǐ zhāng wèn shàn rén zhī dào　zǐ yuē　　bú jiàn jì　　yì bú rù yú shì

子张问善人之道。子曰:"不践迹,亦不入于室。"

译文　　子张请问做善人的道理。孔子说:"如果不踩着前人的足迹走,学问、修养也就难以到家。"

zǐ wèi yú kuāng　yán yuān hòu　zǐ yuē　　wú yǐ rǔ wéi sǐ yǐ　　yuē　　zǐ zài　huí hé gǎn sǐ

子畏于匡,颜渊后。子曰:"吾以女为死矣!"曰:"子在,回何敢死?"

译文　　孔子在匡地受到围困拘禁,与颜渊失散,最后才逃出来。孔子惊喜地说:"我以为你死了呢?"颜渊说:"夫子您还健在,我怎么敢死呢?"

zǐ lù shǐ zǐ gāo wéi bì zǎi　　zǐ yuē　　zéi fú rén zhī zǐ　　zǐ lù yuē　　yǒu mín rén yān

子路使子羔为费宰。子曰:"贼夫人之子!"子路曰:"有民人焉,

yǒu shè jì yān　hé bì dú shū　rán hòu wéi xué　　zǐ yuē　　shì gù wù fú nìng zhě

有社稷焉,何必读书,然后为学?"子曰:"是故恶夫佞者。"

译文　　子路让子羔去费地任行政长官。孔子说:"这是害人子弟!"子路说:"那地方有人民,有社稷,何必非读书才算是学习呢?"孔子说:"所以我讨厌巧言狡辩的人。"

颜渊篇第十二

zhòng gōng wèn rén　zǐ yuē　　　chū mén rú jiàn dà bīn　shǐ mín rú chéng dà jì　jǐ suǒ bú yù　wù

仲弓问仁。子曰："出门如见大宾，使民如承大祭。己所不欲，勿

shī yú rén　zài bāng wú yuàn　zài jiā wú yuàn　　zhòng gōng yuē　　yōng suī bù mǐn　qǐng shì sī yǔ yǐ

施于人。在邦无怨，在家无怨。"仲弓曰："雍虽不敏，请事斯语矣。"

译文　仲弓问怎样是仁。孔子说："出门做事如同去接待贵宾，使用差遣人民如同去承当重大的祭祀。自己不愿意承受的，不要强加给别人。为国家办事没有怨恨，处理家事没有怨恨。"仲弓说："我虽然不聪敏，请让我按照您的话去做吧。"

sī mǎ niú wèn rén　zǐ yuē　　rén zhě　qí yán yě rèn　　yuē　　　qí yán yě rèn　sī wèi zhī rén

司马牛问仁。子曰："仁者，其言也讱。"曰："其言也讱，斯谓之仁

yǐ hū　　zǐ yuē　　wéi zhī nán　yán zhī dé wú rèn hū

已乎？"子曰："为之难，言之得无讱乎？"

译文　司马牛问什么是仁。孔子回答说："仁者的言语是谨慎的。"司马牛说："言语谨慎，就能叫做仁了吗？"孔子又说："事情做起来很困难，那说的话能不谨慎吗？"

zǐ yuē　　jūn zǐ chéng rén zhī měi　bù chéng rén zhī è　xiǎo rén fǎn shì

子曰："君子成人之美，不成人之恶。小人反是。"

译文　孔子说："君子成全别人的好事，助人取得成绩，不助长别人做坏事和坏习气。而小人却恰恰与之相反。"

zǐ gòng wèn yǒu　zǐ yuē　　zhōng gào ér shàn dǎo zhī　bù kě zé zhǐ　wú zì rǔ yān

子贡问友。子曰："忠告而善道之，不可则止，毋自辱焉。"

译文　子贡问怎样对待朋友。孔子说："要忠诚地劝告他，委婉恰当地开导他，他还不听从，就停止算了，不要自受侮辱。"

zēng zǐ yuē　　jūn zǐ yǐ wén huì yǒu　yǐ yǒu fǔ rén

曾子曰："君子以文会友，以友辅仁。"

译文　曾子说："君子以知识来结交朋友，依靠朋友来帮助自己增强仁德。"

子路篇第十三

zǐ lù wèn zhèng   zǐ yuē   xiān zhī láo zhī   qǐng yì   yuē   wú juàn
子路问政。子曰:"先之劳之。"请益。曰:"无倦。"

译文　子路问怎样为政。孔子说:"先要领头去劳作,带动老百姓都勤劳地劳作。"子路请求多讲一点。孔子说:"永远不要松懈怠惰。"

zǐ yuē   sòng shī sān bǎi   shòu zhī yǐ zhèng   bù dá   shǐ yú sì fāng   bù néng zhuān duì
子曰:"诵《诗》三百,授之以政,不达;使于四方,不能专对;

suī duō   yì xī yǐ wéi
虽多,亦奚以为?"

译文　孔子说:"如果一个人连《诗经》都背得滚瓜烂熟,可让他处理政务时,却不知道怎么处理;让他完成外交事务,却不能随机应变。这样的人,即使读书读得再多,又有什么用呢?"

zǐ yuē   gǒu zhèng qí shēn yǐ   yú cóng zhèng hū hé yǒu   bù néng zhèng qí shēn   rú zhèng rén hé
子曰:"苟正其身矣,于从政乎何有?不能正其身,如正人何?"

译文　孔子说:"如果端正了自身品行,从政还有什么困难呢?自身不能端正,怎样使别人端正呢?"

zǐ xià wéi jǔ fǔ zǎi   wèn zhèng   zǐ yuē   wú yù sù   wú jiàn xiǎo lì   yù sù zé bù dá
子夏为莒父宰,问政。子曰:"无欲速,无见小利。欲速则不达,

jiàn xiǎo lì zé dà shì bù chéng
见小利则大事不成。"

译文　子夏做了莒父的县令,向孔子请教怎样处理政事。孔子说:"不要为取得成就而一味追求速度,也不要贪图小利。急功近利反而达不到目的,贪图小利就做不成大事。"

fán chí wèn rén   zǐ yuē   jū chǔ gōng   zhí shì jìng   yǔ rén zhōng   suī zhī yí dí   bù kě qì yě
樊迟问仁。子曰:"居处恭,执事敬,与人忠。虽之夷狄,不可弃也。"

译文　樊迟问怎样是仁。孔子说:"在家能恭敬规矩,办事能认真谨慎,对人能忠实诚恳。即使到了夷狄,这三种德行也是不可以放弃的。"

zǐ yuē   jūn zǐ hé ér bù tóng   xiǎo rén tóng ér bù hé
子曰:"君子和而不同,小人同而不和。"

译文　孔子说:"君子讲求和谐而不盲从附和;小人同流合污而不能和谐。"

zǐ yuē　　yǒu dé zhě bì yǒu yán　yǒu yán zhě bú bì yǒu dé　rén zhě bì yǒu yǒng　yǒng zhě bú
子曰："有德者必有言，有言者不必有德。仁者必有勇，勇者不

bì yǒu rén
必有仁。"

译文　　孔子说："有德行的人一定有好的言论，有好的言论的人却不一定有德行。有仁德的人必定勇敢，勇敢的人却不一定有仁德。"

zǐ yuē　　jūn zǐ ér bù rén zhě yǒu yǐ fú　wèi yǒu xiǎo rén ér rén zhě yě
子曰："君子而不仁者有矣夫！未有小人而仁者也！"

译文　　孔子说："君子当中没有仁德的人是有的呀，可是小人当中从来没有有仁德的人。"

zǐ yuē　　pín ér wú yuàn nán　fù ér wú jiāo yì
子曰："贫而无怨难，富而无骄易。"

译文　　孔子说："贫穷而没有怨恨，是很难做到的；富裕了而不骄傲，是容易做到的。"

zǐ lù wèn shì jūn　zǐ yuē　　wù qī yě　ér fàn zhī
子路问事君。子曰："勿欺也，而犯之。"

译文　　子路问怎样侍奉君主。孔子说："不要欺骗他，而要敢于冒犯，用直言规劝他。"

zǐ yuē　　jūn zǐ shàng dá　xiǎo rén xià dá
子曰："君子上达，小人下达。"

译文　　孔子说："君子天天向上，追求仁义；小人日渐堕落，追求财利。"

zǐ yuē　　jūn zǐ chǐ qí yán ér guò qí xíng
子曰："君子耻其言而过其行。"

译文　　孔子说："君子以说得多做得少为耻辱。"

zǐ yuē　　jūn zǐ dào zhě sān　wǒ wú néng yān　rén zhě bù yōu　zhì zhě bú huò　yǒng zhě bú
子曰："君子道者三，我无能焉：仁者不忧，知者不惑，勇者不

jù　zǐ gòng yuē　　fū zǐ zì dào yě
惧。"子贡曰："夫子自道也。"

译文　　孔子说："君子之道有三条标准，我都没能做到：仁德的人不忧愁，智慧的人不迷惑，勇敢的人不畏惧。"子贡说："这正是老师您的自我表述啊！"

卫灵公篇第十五

zǐ yuē　　　kě yǔ yán　ér bù yǔ zhī yán　shī rén　bù kě yǔ yán　ér yǔ zhī yán　shī yán　zhī

子曰："可与言,而不与之言,失人;不可与言,而与之言,失言。知

zhě bù shī rén　yì bù shī yán

者不失人,亦不失言。"

译文 孔子说:"遇到可以交谈的人却不谈,这样就会失掉朋友;遇到不可以与之交谈的人,却与他交谈,这就是说话冒失。聪明的人既不会失去朋友,也不会言语冒失。"

zǐ yuē　　　zhì shì rén rén　wú qiú shēng yǐ hài rén　yǒu shā shēn yǐ chéng rén

子曰："志士仁人,无求生以害仁,有杀身以成仁。"

译文 孔子说:"志向远大的正义之士中,没有因贪生怕死而出卖正义的人,却有牺牲生命、至死维护正义的人。"

zǐ yuē　　　rén wú yuǎn lǜ　　bì yǒu jìn yōu

子曰："人无远虑,必有近忧。"

译文 孔子说:"人要是没有长远的考虑,一定会有眼前的忧患。"

zǐ yuē　　　bù yuē 'rú zhī hé　rú zhī hé' zhě　wú mò rú zhī hé yě yǐ yǐ

子曰："不曰'如之何,如之何'者,吾末如之何也已矣!"

译文 孔子说:"遇到事情却不问'怎么办,怎么办'的人,我对他也不知该怎么办。"

zǐ gòng wèn yuē　　yǒu yì yán ér kě yǐ zhōng shēn xíng zhī zhě hū　　zǐ yuē　　　qí shù hū　jǐ suǒ

子贡问曰："有一言而可以终身行之者乎?"子曰："其恕乎!己所

bú yù　　wù shī yú rén

不欲,勿施于人。"

译文 子贡问孔子:"有没有一句话是可以终身奉行的呢?"孔子回答说:"那就是'恕'吧!如果是自己不愿意的事情,就不要强加给别人。"

zǐ yuē　　　wú cháng zhōng rì bù shí　zhōng yè bù qǐn　yǐ sī　wú yì　bù rú xué yě

子曰："吾尝终日不食,终夜不寝,以思,无益,不如学也。"

译文 孔子说:"我曾经整天不吃饭,整夜不睡觉,去冥思苦想,结果没有什么益处,还不如去学习呢。"

季氏篇第十六

kǒng zǐ yuē   tiān xià yǒu dào   zé lǐ yuè zhēng fá zì tiān zǐ chū   tiān xià wú dào   zé lǐ yuè

孔子曰：“天下有道，则礼乐征伐自天子出；天下无道，则礼乐

zhēng fá zì zhū hóu chū   zì zhū hóu chū   gài shí shì xī bù shī yǐ   zì dà fū chū   wǔ shì xī bù shī

征伐自诸侯出。自诸侯出，盖十世希不失矣；自大夫出，五世希不失

yǐ   péi chén zhí guó mìng   sān shì xī bù shī yǐ   tiān xià yǒu dào   zé zhèng bú zài dà fū   tiān xià yǒu

矣；陪臣执国命，三世希不失矣。天下有道，则政不在大夫。天下有

dào   zé shù rén bú yì

道，则庶人不议。”

译文 孔子说：“天下太平时，制礼作乐、军事征伐，由天子作决定；天下动乱时，制礼作乐、军事征伐，便决定于储侯。决定于诸侯，传到十代就很难再继续下去了；由大夫作决定，传五代就很少有不丧失政权的；由卿、大夫的家臣来掌握国家的命运，传上三代就很少有不丧失政权的。天下太平，国家政权不会落在大夫手里。天下太平，黎民百姓就不议论朝政了。”

kǒng zǐ yuē   yì zhě sān yǒu   sǔn zhě sān yǒu   yǒu zhí   yǒu liàng   yǒu duō wén   yì yǐ   yǒu pián

孔子曰：“益者三友，损者三友。友直，友谅，友多闻，益矣。友便

pì   yǒu shàn róu   yǒu pián nìng   sǔn yǐ

辟，友善柔，友便佞，损矣。”

译文 孔子说：“有益的朋友有三种，有害的朋友也有三种。与正直的人交友，与诚信的人交友，与见闻学识广博的人交友，是有益的。与虚伪做作的人交友，与善于阿谀奉承的人交友，与惯于花言巧语的人交友，是有害的。”

kǒng zǐ yuē   jūn zǐ yǒu jiǔ sī   shì sī míng   tīng sī cōng   sè sī wēn   mào sī gōng   yán sī

孔子曰：“君子有九思：视思明，听思聪，色思温，貌思恭，言思

zhōng   shì sī jìng   yí sī wèn   fèn sī nàn   jiàn dé sī yì

忠，事思敬，疑思问，忿思难，见得思义。”

译文 孔子说：“君子在九个方面多用心考虑：看，考虑是否看得清楚；听，考虑是否听得明白；脸色，考虑是否温和；态度，考虑是否庄重恭敬；说话，考虑是否忠诚老实；做事，考虑是否认真谨慎；有疑难，考虑应该询问请教别人；发火发怒，考虑是否会产生后患；见到财利，考虑是否合于仁义。”

阳货篇第十七

zǐ yuē　　xìng xiāng jìn yě　　xí xiāng yuǎn yě
子曰:"性相近也,习相远也。"

译文　　孔子说:"人本性是相近的,由于环境影响的不同才相距甚远了。"

zǐ yuē　　wéi shàng zhì yǔ xià yú bù yí
子曰:"唯上智与下愚不移。"

译文　　孔子说:"只有最上等的有智慧的人和最下等的愚笨的人是不可改变的。"

zǐ zhāng wèn rén yú kǒng zǐ　　kǒng zǐ yuē　　néng xíng wǔ zhě yú tiān xià　　wéi rén yǐ　　qǐng wèn
子张问仁于孔子。孔子曰:"能行五者于天下,为仁矣。""请问
zhī　　yuē　　gōng kuān xìn mǐn huì　　gōng zé bù wǔ　　kuān zé dé zhòng　　xìn zé rén rèn yān　　mǐn
之。"曰:"恭、宽、信、敏、惠。恭则不侮,宽则得众,信则人任焉,敏
zé yǒu gōng　　huì zé zú yǐ shǐ rén
则有功,惠则足以使人。"

译文　　子张向孔子问怎样做到仁。孔子说:"能在天下实行这五项品德,就是仁了。""请问哪五项?"孔子说:"庄重,宽厚,守信,勤敏,慈惠。恭敬庄重,就不会受到侮慢;宽厚,就能获得众人拥护;守信,就能得到别人的任用;勤敏,就能取得成功;慈惠,就能更好地役使别人。"

zǐ yuē　　sè lì ér nèi rěn　　pì zhū xiǎo rén　　qí yóu chuān yú zhī dào yě yú
子曰:"色厉而内荏,譬诸小人,其犹穿窬之盗也与!"

译文　　孔子说:"外表神色严厉而内心怯懦虚弱,如果以小人来作比喻,就像是挖墙洞爬墙头行窃的盗贼吧!"

zǐ yuē　　dào tīng ér tú shuō　　dé zhī qì yě
子曰:"道听而涂说,德之弃也。"

译文　　孔子说:"听到传闻不加考证而随意传播,这是应当抛弃的一种行为。"

zǐ yuē　　bǐ fū kě yǔ shì jūn yě yú zāi　　qí wèi dé zhī yě　　huàn dé zhī　　jì dé zhī　　huàn shī zhī
子曰:"鄙夫可与事君也与哉?其未得之也,患得之;既得之,患失之。
gǒu huàn shī zhī　　wú suǒ bú zhì yǐ
苟患失之,无所不至矣。"

译文　　孔子说:"怎么可以与品德恶劣的人一起侍奉君主呢?他没得到官位、富贵时,总怕得不到。既得到了,又怕失掉。假如老怕失掉官位、富贵,那就无论什么事都做得出来了。"

《论语》全文释义拼音导读

微子篇第十八

qí rén guī nǚ yuè　jì huán zǐ shòu zhī　sān rì bù cháo　kǒng zǐ xíng
齐人归女乐,季桓子受之,三日不朝,孔子行。

译文 齐国人赠送了一些歌女给鲁国,季桓子接受了,三日不上朝,孔子于是离开了。

zǐ lù cóng ér hòu　yù zhàng rén　yǐ zhàng hè diào　zǐ lù wèn yuē　zǐ jiàn fū zǐ hū　zhàng
子路从而后,遇丈人,以杖荷蓧。子路问曰:"子见夫子乎?"丈
rén yuē　sì tǐ bù qín　wǔ gǔ bù fēn　shú wéi fū zǐ　zhí qí zhàng ér yún　zǐ lù gǒng ér lì
人曰:"四体不勤,五谷不分,孰为夫子?"植其杖而芸。子路拱而立。
zhǐ zǐ lù sù　shā jī wéi shǔ ér sì zhī　xiàn qí èr zǐ yān　míng rì　zǐ lù xíng　yǐ gào　zǐ yuē
止子路宿,杀鸡为黍而食之,见其二子焉。明日,子路行,以告。子曰:
yǐn zhě yě　shǐ zǐ lù fǎn jiàn zhī　zhì　zé xíng yǐ　zǐ lù yuē　bú shì wú yì　zhǎng yòu zhī jié
"隐者也。"使子路反见之。至,则行矣。子路曰:"不仕无义。长幼之节,
bù kě fèi yě　jūn chén zhī yì　rú zhī hé qí fèi zhī　yù jié qí shēn　ér luàn dà lún　jūn zǐ zhī shì
不可废也;君臣之义,如之何其废之?欲洁其身,而乱大伦。君子之仕
yě　xíng qí yì yě　dào zhī bù xíng　yǐ zhī zhī yǐ
也,行其义也。道之不行,已知之矣。"

译文 孔子周游列国,子路跟从,落在后面。遇上一位老人,用木杖挑着除草的农具。子路问:"您看见我的老师了吗?"老人说:"四肢不劳动,五谷分不清,谁知哪个是你老师?"接着他把木杖插在地上,就去除草了。子路拱手站在一旁。老人留子路到他家住宿,杀鸡、做黍米饭给子路吃,并让两个儿子见了子路。第二天,子路赶上了孔子,告诉他这件事。孔子说:"这是位隐士。"让子路返回去看老人。子路到了那里,他已经走了。子路说:不从政做官是不义的。长幼之间的礼节不可废弃。君臣之间的名分如何能废弃呢?只想洁身自好,却乱了君臣间大的伦理关系。君子之所以要从政做官,就是为了实行君臣之义。至于我的主张行不通我已经知道了。"

子张篇第十九

zǐ zhāng yuē　　zhí dé bù hóng　xìn dào bù dǔ　yān néng wéi yǒu　yān néng wéi wú
子张曰："执德不弘,信道不笃,焉能为有?焉能为亡?"

译文　子张说："执守仁德却不能发扬光大,信仰道义却不能专一诚实,这种人有他不算多没他不算少。"

zǐ xià yuē　　suī xiǎo dào　bì yǒu kě guān zhě yān　zhì yuǎn kǒng nì　shì yǐ jūn zǐ bù wéi yě
子夏曰："虽小道,必有可观者焉;致远恐泥,是以君子不为也。"

译文　子夏说："虽是小的技艺,也一定有可取之处,但对远大的事业恐怕有妨碍,所以君子不从事这些小技艺。"

zǐ xià yuē　　rì zhī qí suǒ wú　yuè wú wàng qí suǒ néng　kě wèi hào xué yě yǐ yǐ
子夏曰："日知其所亡,月无忘其所能,可谓好学也已矣!"

译文　子夏说："每天知道一些过去所不知的,每月不忘记已经掌握的,这样就可以称为好学的人了。"

zǐ xià yuē　　bó xué ér dǔ zhì　qiè wèn ér jìn sī　rén zài qí zhōng yǐ
子夏曰："博学而笃志,切问而近思,仁在其中矣。"

译文　子夏说："广博地学习钻研,坚定自己的志向,恳切地提问,多考虑当前的事,仁德就在其中了。"

zǐ xià yuē　　jūn zǐ yǒu sān biàn　wàng zhī yǎn rán　jí zhī yě wēn　tīng qí yán yě　lì
子夏曰："君子有三变:望之俨然,即之也温,听其言也厉。"

译文　子夏说："君子有三种变化:远看外表庄严可畏,接近他温和可亲,听他说的话严正精确。"

mèng shì shǐ yáng fū wéi shì shī　wèn yú zēng zǐ　zēng zǐ yuē　　shàng shī qí dào　mín sàn jiǔ
孟氏使阳肤为士师,问于曾子。曾子曰："上失其道,民散久
yǐ　rú dé qí qíng　zé āi jīn ér wù xǐ
矣!如得其情,则哀矜而勿喜。"

译文　孟孙氏任命阳肤为司法刑狱长官,阳肤请教于曾子。曾子说:"当政的人失去正道,百姓离心离德已经很久了。如果了解了百姓实情,应当同情怜悯他们,而不要沾沾自喜。"

《论语》全文释义 拼音导读

zǐ gòng yuē　　jūn zǐ zhī guò yě　　rú rì yuè zhī shí yān　　guò yě　　rén jiē jiàn zhī　　gēng yě　　rén

子贡曰："君子之过也，如日月之食焉：过也，人皆见之；更也，人

jiē yǎng zhī

皆仰之。"

译文　　子贡说："君子的过错，如同日食月食：犯错误时，人们都看得见；更改时，人们都仰望着。"

shū sūn wǔ shū huǐ zhòng ní　　zǐ gòng yuē　　wú yǐ wéi yě　　zhòng ní bù kě huǐ yě　　tā rén zhī

叔孙武叔毁仲尼。子贡曰："无以为也！仲尼不可毁也。他人之

xián zhě　　qiū líng yě　　yóu kě yú yě　　zhòng ní　　rì yuè yě　　wú dé ér yú yān　　rén suī yù zì jué

贤者，丘陵也，犹可逾也；仲尼，日月也，无得而逾焉。人虽欲自绝，

qí hé shāng yú rì yuè hū　　duō jiàn qí bù zhī liàng yě

其何伤于日月乎？多见其不知量也。"

译文　　叔孙武叔毁谤仲尼。子贡说："不要这样啊！仲尼是毁谤不了的。别的贤人，如丘陵，还可以越过去；仲尼，如日月，是无法越过的。有人虽然想要自绝日月，这对日月有什么损伤呢？只是看出这种人不自量力。"

jǐn quán liàng　shěn fǎ dù　xiū fèi guān　sì fāng zhī zhèng xíng yān　xīng miè guó　jǔ jué shì jǔ

谨权量，审法度，修废官，四方之政行焉。兴灭国，继绝世，举

yì mín　tiān xià zhī mín guī xīn yān

逸民，天下之民归心焉。

suǒ zhòng　mín　shí　sāng　jì

所重：民、食、丧、祭。

kuān zé dé zhòng　xìn zé mín rèn yān　mǐn zé yǒu gōng　gōng zé yuè

宽则得众，信则民任焉，敏则有功，公则说。

译文　孔子常说：谨慎地制定审查度量衡，恢复被废弃的官职与机构，天下四方的政令就通行了。复兴灭亡了的国家，接续断绝了的世族，推举起用前代被遗落的德才之士，天下民心就归服了。

国家所要重视的是：人民，粮食，丧葬，祭祀。

做人宽厚，就会得到众人的拥护；诚实守信用，就会得到别人的任用；做事勤敏，就会取得成功；处事公平，就会使百姓高兴。

小笨熊与你一起演绎经典人生

国学经典著作在中国传统教育中一直占据不可替代的位置，千百年来为一代代莘莘学子的成长之路指明了方向，用正统理念培育出了一批批有为之士。为此，我们精心打造了这套大国学系列，针对儿童阅读爱好，编排了《弟子规》、《三字经》、《千字文》、《二十四孝》、《论语》、《百家姓》、《笠翁对韵》、《增广贤文》、《唐诗》、《成语故事》等内容。

本套书最大特点是，承载原文历史知识的**丰富性**，运用**简明活泼**的语言进行解析。既让小朋友感受到文化经典的**深厚底蕴**，又让小朋友在轻松明快的氛围中学到传统国学的**精髓**。

我们希望与广大小读者们一同快乐成长，把我们最经典时尚的作品献给小朋友们，也希望小朋友们通过我们的图书，在掌握知识的基础上，演绎自己经典的童年故事，展望未来的美好人生。

论语

繁体全文

　　《论语》是儒家学派的经典著作之一，由孔子的弟子及其再传弟子编撰而成。它以语录体和对话文体为主，记录了孔子及其弟子言行，集中体现了孔子的政治主张、论理思想、道德观念及教育原则等。《论语》中所记孔子循循善诱的教诲之言，或简单应答，点到即止；或启发论辩，侃侃而谈；富于变化，娓娓动人。

　　《论语》还成功地刻画了一些孔门弟子的形象。如子路的率直鲁莽、颜回的温雅贤良、子贡的聪颖善辩、曾皙的潇洒脱俗等等，都称得上个性鲜明，能给人留下深刻印象。孔子因材施教，对于不同的对象，考虑其不同的素质、优点和缺点、进德修业的具体情况，给予不同的教诲，表现了诲人不倦的可贵精神。

　　《论语》中富有哲理的名句箴言、人生精论都会在孩子的人生中有着潜移默化的影响，让孩子的言行在不知不觉中得到规范。

　　作为有志气的中国人，让我们携起手，点燃蒙学之火，把祖国的悠久文化之精髓代代相传。

子曰：『學而時習之，不亦說乎？有朋自遠方來，不亦樂乎？人不知而不慍，不亦君子乎？』

曾子曰：『吾日三省吾身：爲人謀而不忠乎？與朋友交而不信乎？傳不習乎？』

子曰：『弟子入則孝，出則弟，謹而信，汎愛眾，而親仁。行有餘力，則以學文。』

子夏曰：『賢賢，易色；事父母，能竭其力；事君，能致其身；與朋友交，言而有信。雖曰未學，吾必謂之學矣。』

子曰：『君子食無求飽，居無求安，敏于事而慎于言，就有道而正焉，可謂好學也已。』

子曰：『吾十有五而志于學，三十而立，四十而不惑，五十而知天命，六十而耳順，七十而從心所欲，不逾矩。』

子游問孝。子

曰：『今之孝者，是謂能養。至于犬馬，皆能有養。不敬，何以別乎？』

子夏問孝。子曰：『色難。有事，弟子服其勞；有酒食，先生饌，曾是

以爲孝乎？』子曰：『學而不思則罔，思而不學則殆。』子曰：『人而

無信，不知其可也。大車無輗，小車無軏，其何以行之哉？』

八佾篇第三

子夏問曰：『巧笑倩兮，美目盼兮，素以爲絢兮』，何

謂也？』子曰：『繪事後素。』曰：『禮後乎？』子曰：『起予者商也，

始可與言《詩》已矣。』子曰：『射不主皮，爲力不同科，古之道也。』定

公問：『君使臣，臣事君，如之何？』孔子對曰：『君使臣以禮，臣事

君以忠。』儀封人請見，曰：『君子之至于斯也，吾未嘗不得見也。』從

《论语》繁体全文

3

者見之。出曰：『二三子何患于喪乎？天下之無道也久矣，天將以夫子爲木鐸。』

裏仁篇第四子曰：『不仁者，不可以久處約，不可以長處樂。仁者安仁，知者利仁。』子曰：『唯仁者，能好人，能惡人。』子曰：『放于利而行，多怨。』子曰：『士志于道，而恥惡衣惡食者，未足與議也！』子曰：『不患無位，患所以立。不患莫己知，求爲可知也。』子曰：『君子喻于義，小人喻于利。』子曰：『君子欲訥于言而敏于行。』

公冶長篇第五子貢曰：『夫子之文章，可得而聞也；夫子之言性與天道，不可得而聞也。』

子謂子貢問曰：『孔文子何以謂之「文」也？』子曰：『敏而好學，不恥下問，是以謂之「文」也。』子謂子

產，『有君子之道四焉：其行己也恭，其事上也敬，其養民也惠，其使民也義。』

子曰：『晏平仲善與人交，久而敬之。』季文子三思而後行。

子聞之，曰：『再，斯可矣！』子曰：『伯夷、叔齊，不念舊惡，怨是用希。』

雍也篇第六

子曰：『賢哉，回也！一簞食，一瓢飲，在陋巷，人不堪其憂，回也不改其樂。賢哉，回也！』子游為武城宰。子曰：

『女得人焉耳乎？』曰：『有澹臺滅明者，行不由徑，非公事，未嘗至于偃之室也。』子曰：『質勝文則野，文勝質則史。文質彬彬，然後君子。』子曰：『知之者不如好之者，好之者不如樂之者。』子曰：『知者

樂水，仁者樂山。知者動，仁者靜。知者樂，仁者壽。』

述而篇第七

子曰：『默而識之，學而不厭，誨人不倦，何有于我哉？』子曰：『德之不修，學之不講，聞義不能徙，不善不能改，是吾憂也。』子曰：『不憤不啟，不悱不發；舉一隅不以三隅反，則不復也。』子曰：『富而可求也，雖執鞭之士，吾亦為之。如不可求，從吾所好。』子曰：『三人行，必有我師焉。擇其善者而從之，其不善者而改之。』子曰：『君子坦蕩蕩，小人長戚戚。』

泰伯篇第八

子曰：『恭而無禮則勞，慎而無禮則葸，勇而無禮則亂，直而無禮則絞。君子篤于親，則民興于仁；故舊不遺，則民不偷。』曾子曰：『士不可以不弘毅，任重而道遠。仁以為己任，不亦重乎？死而後已，不亦遠乎？』子曰：『如有周

公之才之美，使驕且吝，其餘不足觀也已。」

子曰：「篤信好學，守死善道。危邦不入，亂邦不居。天下有道則見，無道則隱。邦有道，貧且賤焉，恥也；邦無道，富且貴焉，恥也。」

子曰：「不在其位，不謀其政。」

天下也，而不與焉。」

子罕篇第九

子曰：「吾有知乎哉？無知也。有鄙夫問于我，空空如也。我叩其兩端而竭焉。」

子曰：「譬如為山，未成一簣，止，吾止也。譬如平地，雖覆一簣，進，吾往也。」

子曰：「後生可畏，焉知來者之不如今也？四十、五十而無聞焉，斯亦不足畏也已！」

子曰：「法語之言，能無從乎？改之為貴。巽與之言，能無說乎？繹之為貴。說而不繹，從而不改，吾末如之何也已矣！」

子曰：

7

『主忠信；毋友不如己者；過，則勿憚改。』

執圭，鞠躬如也，如不勝。上如揖，下如授，勃如戰色，足蹜蹜如有循。享禮，有容色。私覿，愉愉如也。

祭于公，不宿肉。祭肉不出三日。出三日，不食之矣。食不語，寢不言。

鄉人飲酒，杖者出，斯出矣。問人于他邦，再拜而送之。

廄焚。子退朝，曰：『傷人乎？』不問馬。君賜食，必正席先嘗之。君賜腥，必熟而薦之。君賜生，必畜之。侍食于君，君祭，先飯。

子曰：『先進于禮樂，野人也；後進于禮樂，君子也。如用之，則吾從先進。』

子貢問：『師與商也孰賢？』子曰：『師也過，商也不及。』曰：『然則師愈與？』子曰：『過猶不及。』

子張問善人之道。子曰：『不踐迹，亦不入于室。』子畏于匡，顏淵後。

子曰：『吾以女爲死矣！』曰：『子在，回何敢死？』子路使子羔爲費宰。子曰：『賊夫人之子！』子路曰：『有民人焉，有社稷焉，何必讀書，然後爲學？』子曰：『是故惡夫佞者。』

 顏淵篇第十二

仲弓問仁。子曰：『出門如見大賓，使民如承大祭。己所不欲，勿施于人。在邦無怨，在家無怨。』仲弓曰：『雍雖不敏，請事斯語矣。』司馬牛問仁。子曰：『仁者，其言也訒。』曰：『其言也訒，斯謂之仁已乎？』子曰：『爲之難，言之得無訒乎？』子曰：『君子成人之美，不成人之惡。小人反是。』子貢問友。子曰：『忠告而善道之，不可則止，毋自

辱焉。」曾子曰：「君子以文會友，以友輔仁。」

子路篇第十三

子路問政。子曰：「先之勞之。」請益。曰：「無倦。」子曰：「誦《詩》三百，授之以政，不達；使于四方，不能專對；雖多，亦奚以爲？」

子曰：「苟正其身矣，于從政乎何有？不能正其身，如正人何？」子夏爲莒父宰，問政。子曰：「無欲速，無見小利。欲速則不達，見小利則大事不成。」

樊遲問仁。子曰：「居處恭，執事敬，與人忠。雖之夷狄，不可弃也。」

憲問篇第十四

子曰：「有德者必有言，有言者不必有德。仁者必有勇，勇者不必有仁。」

子曰：「君子而不仁者有矣夫！未有小人而仁者也！」

子曰：「貧而無怨難，富而無驕易。」子路問事

君。子曰：『勿欺也，而犯之。』子曰：『君子上達，小人下達。』子曰：『君子恥其言而過其行。』子曰：『君子道者三，我無能焉：仁者不憂，知者不惑，勇者不懼。』子貢曰：『夫子自道也。』

子曰：『可與言，而不與之言，失人；不可與言，而與之言，失言。知者不失人，亦不失言。』子曰：『志士仁人，無求生以害仁，有殺身以成仁。』子曰：『人無遠慮，必有近憂。』子曰：『不如之何，如之何』者，吾末如之何也已矣！』子貢問曰：『有一言而可以終身行之者乎？』子曰：『其恕乎！己所不欲，勿施于人。』子曰：『吾嘗終日不食，終夜不寢，以思，無益，不如學也。』

季氏篇第十六 孔子曰：『天下有道，則禮樂徵伐自天子出；天下無道，則禮樂徵伐自諸侯出。自諸侯出，蓋十世希不失矣；自大夫出，五世希不失矣；陪臣執國命，三世希不失矣。天下有道，則政不在大夫。天下有道，則庶人不議。』孔子曰：『益者三友，損者三友。友直，友諒，友多聞，益矣。友便辟，友善柔，友便佞，損矣。』孔子曰：『君子有九思：視思明，聽思聰，色思溫，貌思恭，言思忠，事思敬，疑思問，忿思難，見得思義。』

陽貨篇第十七 子曰：『性相近也，習相遠也。』子曰：『唯上智與下愚不移。』子張問仁于孔子。孔子曰：『能行五者于天下，為仁矣。』『請問之。』曰：『恭、寬、信、敏、惠。恭

《论语》繁体全文

則不侮，寬則得眾，信則人任焉，敏則有功，惠則足以使人。」子曰：「色厲而內荏，譬諸小人，其猶穿窬之盜也與！」子曰：「道聽而塗說，德之弃也。」子曰：「鄙夫可與事君也與哉？其未得之也，患得之；既得之，患失之。苟患失之，無所不至矣。」

微子篇第十八

齊人歸女樂，季桓子受之，三日不朝，孔子行。子路從而後，遇丈人，以杖荷蓧。子路問曰：『子見夫子乎？』丈人曰：『四體不勤，五穀不分，孰為夫子？』植其杖而芸。子路拱而立。止子路宿，殺鷄為黍而食之，見其二子焉。明日，子路行，以告。子曰：『隱者也。』使子路反見之。至，則行矣。子路曰：『不仕無義。長幼之節，不可廢也；君臣

之義，如之何其廢之？欲潔其身，而亂大倫。君子之仕也，行其義也。

道之不行，已知之矣。」

子張篇第十九

子張曰：「執德不弘，信道不篤，焉能爲有？焉能爲亡？」

子夏曰：「雖小道，必有可觀者焉；致遠恐泥，是以君子不爲也。」

子夏曰：「日知其所亡，月無忘其所能，可謂好學也已矣！」

子夏曰：「博學而篤志，切問而近思，仁在其中矣。」

子夏曰：「君子有三變：望之儼然，即之也溫，聽其言也厲。」

孟氏使陽膚爲士師，問于曾子。曾子曰：「上失其道，民散久矣！如得其情，則哀矜而勿喜。」

子貢曰：「君子之過也，如日月之食焉：過也，人皆見之；更也，人皆仰之。」

叔孫武叔毀仲尼。子貢曰：「無以

為也！仲尼不可毀也。他人之賢者，丘陵也，猶可逾也；仲尼，日月也，無得而逾焉。人雖欲自絕，其何傷于日月乎？多見其不知量也。」

堯曰篇第二十

謹權量，審法度，修廢官，四方之政行焉。興滅國，繼絕世，舉逸民，天下之民歸心焉。所重：民、食、喪、祭。寬則得眾，信則民任焉，敏則有功，公則說。

图书在版编目(CIP)数据

论语 / 崔钟雷主编.—延吉：延边教育出版社，
2010.12
（蒙学经典读本）
ISBN 978-7-5437-9184-8

Ⅰ．①论… Ⅱ．①崔… Ⅲ．①儒家②论语—儿童读物
Ⅳ．①B222.2-49

中国版本图书馆 CIP 数据核字（2010）第 229111 号

蒙学经典读本

书　名：论语

策　划：钟　雷
主　编：崔钟雷
副主编：王丽萍　李立冲　赵凤娟
责任编辑：宋栋国
装帧设计：稻草人工作室

出版发行：延边教育出版社（吉林省延吉市友谊路 363 号　邮编：133000）
网　址：http://www.ybep.com.cn　　电　话：0433-2913940
　　　　http://www.tywhcc.com　　　　　　　 0451-55174988
客服电话：010-82608550　82608377
印　刷：小森印刷（北京）有限公司　印　张：4.5
开　本：889 毫米×1194 毫米　1/16　字　数：90 千字
版　次：2010 年 12 月第 1 版　书　号：ISBN 978-7-5437-9184-8
印　次：2010 年 12 月第 1 次印刷　定　价：10.00 元